o Vento, a Chama

o Vento, a Chama
LAERTE DE PAULA

Copyright © 2019 por Editora 106

Editores:	Fernanda Zacharewicz
	Gisela Armando
	Omar Souza
Revisão	Fernanda Zacharewicz
Capa	Sérgio Salgado
Diagramação	Sonia Peticov

Primeira edição: novembro de 2019

Dados Internacionais de Catalogação na Publicação (CIP)

Ficha catalográfica elaborada por Angélica Ilacqua CRB-8/7057

P346v

Paula, Laerte de,

O vento e a chama / Laerte de Paula. — São Paulo: Editora 106, 2019.
160 p.

ISBN: 978-65-80905-04-1

1. Citações e máximas   I. Título

19-2452

CDD – 808.882
CDU 82-84

Índice para catálogo sistemático
1. Citações e máximas

ISBN do ebook: 978-65-80905-05-8

Publicado com a devida autorização e com
todos os direitos reservados por

EDITORA 106
Av. Angélica, 1814 — Conjunto 702
01228-200 São Paulo S.P.
Tel: (11) 93015.0106
contato@editora106.com.br
www.editora106.com.br

Insufla-me

Sentar-me a ler esse livro foi ter horas arrancadas de meu dia. O tempo e o espaço simplesmente foram suspendidos. Talvez até minha respiração tenha ficado nessa condição enquanto acompanhava Laerte nessas linhas.

Como tive fôlego então para seguir adiante? As citações, os espaçamentos entre as frases, a pausa entre os parágrafos e a divisão dos capítulos estavam presentes já nas páginas originais. Nesses momentos, o autor me emprestou algum fôlego para seguir adiante. Nem sempre nos ofereceu a mesma lufada de ar. Ele controlou o movimento de meus olhos pelas linhas, impôs determinada cadência ao meu ritmo de leitura.

Meses depois eu soube que esse livro foi escrito enquanto Laerte andava pelas ruas da cidade. É obra extremamente urbana, da cidade marcada pelos encontros e desencontros e sobre a qual, cidadãos que tanto a amamos, somos capazes de imprimir a cadência que soa pura poesia.

Fernanda Zacharewicz
Editora

*Uma imagem que não se apaga quer que
continuemos a nos ocupar dela.*

SIGMUND FREUD

*Seja o que for o que ela dê a ver e qualquer
que seja a maneira, uma foto é sempre
invisível: não é ela que vemos.*

ROLAND BARTHES

*Podemos fechar os livros, abandonar as mulheres,
mudar de cidade, desistir de
trabalhos, escalar montanhas, cruzar os mares,
atravessar fronteiras, entrar em aviões, jamais saímos
de nosso sonho.*

PASCAL QUIGNARD

*Viver na intimidade de um ser estranho, não
para nos aproximarmos dele, para o dar a conhecer,
mas para o manter estranho, distante, e mesmo
inaparente — tão inaparente que o seu nome o possa
conter inteiro. E depois, mesmo no meio do mal-estar,
dia após dia, não ser mais que o lugar sempre aberto,
a luz inesgotável na qual esse ser único, essa coisa,
permanece para sempre exposta e murada.*

GIORGIO AGAMBEN

É possível amar uma mulher?
 Era M. quem se perguntava isso.
 O objeto mais cortante que herdei de M. foi esta pergunta.

M. se banha em silêncios, veste-se de distâncias. Em outras palavras, veste-se de um *não* particular. Assim vive os dias e fica tão bela. Assim se mostra: naquilo que esconde. Assim deseja, assim causa desejo. Assim supõe proteger-se de ser marcada: vestida pelo outro. Assim se protege da própria penetrabilidade. Todos precisamos nos proteger da própria penetrabilidade: a marca do outro em nós é feita de fulgor e violência. Somos o infinito resto de um descolamento do corpo do outro.

Eu, por motivos que desconheço, sou fascinado por M. Seu brilho se irradia em mim. Irradia-se *para* mim.

Este escrito é o descolamento infinito feito de seu repentino silêncio.

A roupa que M. veste é uma sombra. Monotônica, como um quadro de Yves Klein, que ambos apreciamos.

M. se borra, evita ser fotografada, não pinta seu rosto, disfarça sua silhueta, suaviza a exibição de seu corpo feminino. Põe-se à margem. É o bastante para causar em mim um efeito siderante.

M. gosta das simetrias, de traços suaves. Quanto mais silêncios, melhor. Quanto mais mínimo, melhor. Em sua discrição, exala exuberâncias.

Coisas se dizem por aí, e sou ao mesmo tempo o menino curioso por descobri-las e o ancião que zela pela proteção de seus segredos.

Há um brilho que me faz enigma nesta cena. M. recua diante de uma série de convites: onde algo lhe é esperado, M. se machuca para não se submeter. Diz *não* a algo. Habita este jardim da recusa com um chapéu impressionista, um vestido claro, óculos escuros e um livro, que lê de uma maneira singular.

Quem diz *não* a este algo, diz *sim* a quê?

Reconheço uma beleza nesta obstinada oposição. É a obscura beleza da *infantia*. Este livro também é uma pergunta pela *infantia*.

Você: até que ponto esta palavra tem o direito de existir? Até onde temos o direito de dizê-la? Quando digo *você*, o que este pronome supõe poder dizer?

Com *você*, até que ponto não estou simplesmente dizendo "isso que meço com a régua de meus ideais", ou então "objeto recortado por minhas fantasias e meu narcisismo", ou mesmo "isto que evoca em mim uma beleza longínqua, enigma estrangeiro pelo qual me interesso mais que por mim mesmo"?

Durante as primeiras semanas em que M. e eu conversamos, nossos *você* eram revestidos por aspas. Literalmente. A ideia de um outro era protegida em seu árduo desafio.

Depois de algum tempo, deliramos poder tirar desta palavra o revestimento que ela deveria sempre carregar. Ocorre que jamais é claro o quanto suportamos prescindir dela.

O erotismo é uma febre que obnubila as fronteiras que resguardam os nomes. Há prazer e horror nesta diluição. Noite de dilúvio.

Tiramos as aspas não para pretender *dizer* o outro, mas para declarar que *suportamos* e *alcançamos* a *existência* de um outro.

Mas qual palavra, qual nome pode guardar o que há de imperscrutável desse outro? Qual palavra — ou qual marca nas palavras — pode ajudar a não esquecer de sua potente opacidade? Qual nome pode guardar espaço para o estranho do outro? Para aquilo que é ausência no outro?

❧

O que permanece inomeado em cada nome?

❧

Nos nomes com que vestimos e representamos o outro, há algo nosso que resta imerso nestas palavras. Mas quem diz? De que é feito um *eu* que pretende dizer um *você*?

Eu: repositório finito, hierárquico, sinistramente hipnotizável, de palavras cifradas recebidas de outros. Nossa gramática traz o efeito de sedução que as primeiras palavras do outro radiaram sobre nós.

Não há ser falante que, ao habitar a linguagem, não homenageie algo de sua origem.

❧

Retorno à questão impossível: das palavras que herdamos e que usamos para tentar nomear o outro, o que há de próprio, de singular? Nossa sintaxe? Nosso léxico? Nosso intertexto? Nossa entonação? Nossos lapsos? Nossos outros prévios, nossa mãe, pai, irmãos, os primeiros semelhantes?

O que oferecemos de próprio aos nomes transmitidos por nossa cultura e nossa história e com os quais eventualmente insuflamos febre, medo ou indiferença no outro?

❧

Cada um fracassa como falante à sua própria maneira. Mas é necessário um árduo esforço para apropriar-se deste fracasso e, enfim, assumi-lo em nome próprio.

Este livro é meu esforço.

Este livro é meu fracasso.

~

Em um de nossos últimos encontros, M. me disse: "Você sabe que, quando diz meu nome, isto não sou eu".

Isto diz de M.: passado um primeiro tempo, o fato de ouvir minhas palavras a ameaçava a ponto de precisar reafirmar: o que digo *não* é ela. Em sua oposição, revela sua vulnerabilidade.

Por outro lado, M. tem razão. Dizer dela diz apenas de mim.

~

A linguagem serve para muitas coisas, mas se há algo para o que ela não pode servir é para dizer o que se pretende. Não é essa sua vocação e não está aí sua potência. Jamais dominamos aquilo que dizemos. Nossa palavra veicula uma força e uma direção que não está sob nosso controle.

Nomear: um equívoco que produz laço e guerra.

Somente podemos roçar uma palavra por algum tempo. Jamais se *domina* um nome.

Não conseguimos dizer nossa nudez.

Não conseguimos dizer a nudez do outro.

Um encontro amoroso deveria sempre se lembrar da delicada película de impossível que reveste cada nome: " ". *Você* deveria sempre levar aspas.

~

Entre o dizer e a palavra há uma falha. Entre "eu" e "você" há uma falha. Este escrito tenta esparramar-se nessa falha e fazê-la falar.

Com este começo, é preciso que o livro que aqui se tece não abra mão de um desejo: tentar demonstrar, indo tão longe quanto possível, a beleza convulsiva do lugar que as aspas recobrem, reconhecer a vastidão fecunda do que subsiste para além do envoltório.

Só se pode chegar aí renunciando a qualquer domínio sobre as rédeas dos nomes. Aproximar-se daí custa perder-se do peso arrogante da palavra.

Maurice Blanchot: "somente o desastre mantém a mestria sob distância".

É preciso consentir nesta demissão.

Encontrei M. em uma convergência de ilusões que se aceitaram em sua dimensão de promessa radiante, um contágio de metáforas inflamáveis.

Foi quando, neste ponto do encontro, um ousou dizer ao outro: "aceito evocar a você algo de seu invisível". Ou então: "aceito encarnar algo que te escapa".

É possível ir mais longe: "Gozo no lugar de sustentar a você esse acesso".

— "Gozo desse transporte".

Júbilo dos poderes da metáfora.

⁂

Em uma das imagens mais resplandecentes gravadas em minha carne, eu levava M. a um lugar inumano e voluptuoso: M., de olhos fechados, febril, aberta, com sua voz de mil silêncios, sua face soterrada sob travesseiros, descolando a pele do meu rosto, e meu rosto do resto de meu corpo.

Gozar e desaparecer se enlaçam na cintilância da noite que precede a aurora.

Sou Caronte conduzindo M. a outro mundo e trazendo-a de volta. Levando-a ao êxtase no umbral da dissolução para depois retornar. Realizando a travessia por onde esta mulher goza. M. está longe.

Longe...

Em meus braços, envolta em meu suor, esta mulher está em um instante onde nenhuma palavra pode ficar. Lugar onde a verdade apenas balbucia.

Ainda assim, alheio. Não é exato que eu conduza, quando sou tão conduzido quanto ela. Ao transportá-la, descubro-me igualmente transportado. Não sei para onde vamos e, no entanto, remo junto para onde isso pulsa. Sou um barqueiro cego. Deixamos que um poder nos atravesse.

Participando aí, esta mesma cena me leva ao mergulho indelével nas imagens da minha íntima dissolução. Adquiri ali um outro corpo. Jamais poderei explicar isso. Visitei a *infantia*...

Aqui, minha palavra falha.

Ser o barqueiro cego de M. naquela noite de 48 horas e 11 meses me resplandeceu.

Ainda escuto o murmúrio de M. nas horas seguintes: "L., meu mar".

Ao mesmo tempo em que me procurava, M. constantemente se vestia com a seguinte frase: "Não estou aí onde me supõe". Afinal, e à sua revelia, M. carrega uma voz que diz: "estou em outro lugar".

Em minha indagação, faço uma definição provisória: *aquela que chama e que, ao mesmo tempo, não está lá onde fala.* Uma mulher toda encontrada já não é uma mulher.

Qual parceria amorosa pode pretender ignorar ou estabilizar isso?

Aos poucos, de forma imprevista, vim ocupar algum lugar de profundo perigo. Tornei-me aquele que — como os outros de M. — precisava ser mantido a uma grave distância. De barqueiro, de testemunha e guardião zeloso do segredo, fui alojado no lugar daquele que o ameaça.

Momento *primeiro* e momento *segundo*.

Uma questão neurótica: é o desejo de ver que produz o afastamento ou é o afastamento que produz o desejo de ver?

Poucas coisas conseguem ser tão honestas quanto uma promessa. O valor de uma promessa não precisa ter nenhuma relação com sua consumação. A promessa é um sucesso em si mesma.

Já não sei mais se estava na cozinha de casa, no consultório ou caminhando pelas ruas de Pinheiros quando soube da existência de M. Uma semana antes, havíamos estado em um mesmo local, com poucas horas de diferença, sem sabermos ainda um da existência do outro.

Por todo aquele tempo, fui um segredo de M.

M. foi um segredo *para* mim.

Pascal Quignard: "O amor, o segredo do outro, são a mesma coisa".

Como falar do segredo, da infâmia e da beleza que o cercaram? Como fazer jus a este doloroso e reluzente vivido?

Primeiro trabalho: para falar do segredo, dissimulo-o sob o manto de novos segredos. É uma astúcia: testemunhar sobre M. e ao mesmo tempo preservar o que M. oculta.

O segredo é parte do erotismo de M. Acompanhar M. é parte do meu.

⁓

Hipótese insensata (sou habitado por centenas delas): narrar a beleza deste encontro é poder contemplar, evocar e contornar suas sombras. Gozo das sombras em que M. reluz.

M. é um ponto topográfico.

Tenho quase certeza de que foi no dia seguinte à nossa primeira conversa que M. me beijou os pés.

⁓

Restos borrados, marcas miúdas de atravessamentos sinuosos rondam minha cabeça enquanto tantos outros caem em uma vala de indiferença. Não se trata de querer reviver estas cenas. Consigo construir primeiras vezes em minha história, às vezes. Aliás, não preciso buscá-las. Elas insistem à minha revelia. Em meus dias bons, posso acolher o novo e consentir na maravilha violenta que é uma nova marca exigindo ser dita.

Um silêncio habita cada um destes começos. Um espaço bruto se abre, imenso, repentino. Tento habitar nele, onde há algo incerto por dizer. Tento falar nele.

Alguns começos são apaixonantes. Alguns começos são inesquecíveis. Alguns começos são infinitos.

Por que escrever? A quem escrever? São perguntas que ruíram nestes tempos. Meu gesto agora se afirma em outro lugar: no consentimento ao extravio produzido pela potência da linguagem e na satisfação perturbadora de jogar com esta magia, que agora faço passar ao umbral do texto. Ler M. modificou meu corpo. Ler M. modificou o que posso ler de mim mesmo. Através da escrita torno a evocar algo dessa perturbação.

A questão não é a quem escrevo, mas sim: a partir de que escrevo? Com o quê escrevo? O que invoco quando escrevo? Que poder estas imagens veiculam?

Esta resposta não se encerra em mim, mas no corpo que segura este livro e lê estas páginas.

Acontece que aquilo que chamo de ler e de escrever estão em absoluta revisão. Não sei esclarecer suficientemente o que entendo por ambos os gestos. Estou inventando-os. Tento mostrá-los.

Agamben: "O autor não é mais que a testemunha, o fiador da própria falta na obra em que foi jogado; e o leitor não pode deixar de soletrar o testemunho, não pode, por sua vez, deixar de transformar-se em fiador do próprio inexausto ato de jogar de não se ser suficiente".

Escreve-se e lê-se a partir da própria insuficiência.

O que é escrever a partir de um corpo partido? Em ruínas? São pedaços que escrevem. Fragmentos de verdade. Pedaços de carne exilados. Restos de palavras tardias, fora do tempo. É imensamente angustiante tentar decompor, ordenar, significar estes pedaços.

Agora sou um pintor cego: distribuo pinceladas que talvez possam mostrar um quadro que ainda desconheço. Reconheço algo do pedaço mínimo que arremesso à tela. Desconheço a imagem que lentamente componho. Ignoro o alcance do que fala em mim.

Pierre Alferi: "Onde o sentido está vivo, a imprecisão é necessária".

Um poeta recruta arruinados.

Blanchot: "O escritor escreve um livro mas o livro ainda não é a obra, a obra só é obra quando através dela se pronuncia, na violência de um começo que lhe é próprio, a palavra ser, evento que se concretiza quando a obra é a intimidade de alguém que a escreve e de alguém que a lê".

Apelo à tua intimidade. Apelo à fissura entre você e teus nomes. Só aí há lugar para o que escrevo.

A escrita só pode ser o efeito de uma leitura. É a leitura que precede a escrita.

Mas o que é ler? O que está contido neste gesto? Quando se pode dizer que há leitura? Qual a operação mínima para se dizer que houve leitura?

Não há leitura que não cause uma escrita. Escrita que pode ocorrer no papel, no corpo, nos sonhos.

Por detrás de toda escrita, existe uma ferida muda. É esta mudez que causa a escrita.

Uma escrita é uma tomada de posição, ainda que pretenda se esconder sob a autoridade de outros. Ela junta ou disjunta elementos. Desarranja e rearranja, conspira, trai. Uma escrita carrega um desejo que necessariamente desconhece.

Sobre minha escrita, pouco adianta que eu a explique, ainda que tente apreendê-la. Antes, consinto em que ela se subleve. Prolongo este estado, tentando dar-lhe nome, prosódia, textura. Sou dançado por isso.

⁓

Ryoko Sekiguchi escreve, mobilizada pelo desaparecimento do avô e por uma meditação sobre a voz: "Sinto que preciso escrever esta história não porque ela me concerne, mas porque ela exige que eu reflita.

Esta história não me poupa.

É uma demanda imperativa. É ela que dita. Uma direção única, agora".

⁓

Quero deixar no seu rosto uma passagem. Como na boca um gosto...

⁓

M. é um escrito. É um texto que pude ou que quis ler neste momento da vida. M. não sabe disso, não pode desfrutar de ser uma barqueira. Seus gozos passam por outro lugar. Já que não posso mais seguir acompanhando M. ou gozando como *seu mar*, releio a escrita deixada pelos ecos do que me disse. Isto é, escrevo.

Quignard: "Podemos nos cercar de alegrias infinitas quando sabemos jogar com o que foi perdido".

Esse jogo nos joga e possui desígnios próprios. Seduzir e deixar-se seduzir: pura reversibilidade. Fórmula perigosa e contagiante. É o erotismo.

Daniel Sibony: "A sedução é, a dois, criar a Mulher e fracassar".

Sente o tilintar da palavra.

De tanto vestir-se de sombras, M. incandesceu. De tanto cobrir-se de silêncios, as palavras guardadas tomaram M. Fui a faísca insensata que ricocheteou em seu corpo e fez irromper um breve e inesquecível discurso.

Cada um de nós foi marcado de uma forma. O real nos atravessa como uma flecha e deixa um furo sangrante atrás de si. M. calou-se para salvar algo não partilhável. Palavras agora explodem no meu peito em palpitações soturnas.

Este livro é um afago em um discurso furtivo. É um abraço em uma potência efêmera, brevidade do relâmpago. É um beijo na coisa brilhante que supus ter entre os dedos. Esta ternura é a falha que habita o amor.

Sou arrebatado por este pedaço.

M. costumava dizer que preferia estar nua a usar roupas. Queria-se liberta, depois de anos de uma reclusão que não conheci. Em minha impostura, às vezes ouso ainda um esforço de tradução: M. buscava proteger para si um campo puro, não sequestrado pelas influências do outro. Não degradado com o que cada nome impõe de permanência, de grilhão e de perda. Um lugar que dissesse não à mortificação de uma forma acabada.

M. queria um encontro em um lugar onde o ruído da língua pudesse se calar. Calar a língua do mundo. Tenho sincera admiração por esse grão de verdade que recolho através de M., ainda que eu falhe em nomeá-la.

Mas que corpo pode pulsar se não for através da língua encantada ou maldita do outro? Só acessamos nosso corpo na medida em que ele foi marcado e cravejado pelo fascínio da linguagem instilada em nós.

M. podia viver a palavra estrangeira como o exercício de um poder tirânico. Justo M.: aquela que vem de longe. Contudo, se as palavras podem ser insuportáveis, a deriva não oferece melhor guarida. M. nomeava sua condição: *deslocalização*.

Quando o corpo de M. falava, era como se ele atentasse contra a exterioridade da língua, essa que demanda, que assola, que fere, que promete, que espera, que erra, que engana, que equivoca, que domina, que subjuga, que expropria, que subtrai.

O drama de M. é também o meu drama e o drama de quem carrega um corpo e, ao mesmo tempo, habita a linguagem: como transitar neste litoral impossível?

Derrida: "não tenho senão uma língua, e ela não é a minha".

Lacan: "Não se fala jamais de uma língua senão em outra língua"

Uma língua não existe. Existe apenas a *outra* língua.

~

Temos tanta angústia do mistério impregnado na palavra do outro que, para nos proteger deste horror, nós a compreendemos.

~

M. detestava viver esta espera e horror que a palavra pode produzir no outro. Isso podia aniquilar sua abertura. É por isso que nosso desejo precisa, a todo momento, desoutralizar parte do outro. É preciso ignorar parte da alteridade para desejar. Mesmificamos algo do outro. Borramos as aspas.

Como se dois corpos falantes jamais pudessem habitar a mesma cena, senão de forma fragmentária, iludida, dissimulada, ignorada.

A mim, esta mistura de fronteiras pode ser prazerosa, embora não seja isenta de angústia. Com M., não me importava muito que os nomes fossem provisórios ou imperfeitos. Talvez porque o lugar desde onde M. falava não deixasse dúvidas quanto ao inalcançável do outro. Talvez porque algum referente meu não ceda diante do apelo da palavra alheia. Às vezes, deixar-me ser apagado convém ao meu erotismo. Posso emprestar-me ao nome alheio e ali encontrar algo de que me servir.

M., no entanto, grifa sua inclassificabilidade. Talvez preferisse ser bicho. Isto sim.

Gostaria de ser o próprio vento: M., o vento.

A forma dá um acesso à vida ao custo de uma perda primeira, de uma morte. Mutila uma parte do disforme. O nome achata o sem-nome, dando-lhe contorno, borda arbitrária, unidade desde onde uma experiência pode ser encorpada, figurada, representada. É preciso disposição e astúcia para gozar da palavra e, ao mesmo tempo, dançar com as sombras dos nomes exilados. Nomear é expulsar alguma coisa da experiência.
Há aí uma *traição* da qual jamais escapamos.
A *infantia* habita a potência do disforme, dos sons ainda não inteiramente colonizados pelos sentidos. É a música dos começos.

⁓

M. evita a mutilação da vida. Isso que M. tenta, em vão, salvar, me ilumina, me excita, me dilacera.
Quando M. começou a ler, se exilou do grupo. Não quis degradar a dignidade do indizível, já que toda palavra obstrui algo da verdade de onde provém.
Vive uma palavra como um fogo, tem paúra do nome dito e pode lhe ser difícil brincar com eles em estado de leveza. Talvez porque ainda queira se manter inteiramente viva, disforme. Talvez porque eu tentasse em vão encontrar uma palavra que dissesse algo dela ou que a desiludisse desta carga fictícia.

Mas quem disse que o fictício é menos real?

⤔

Quando tensa, M. busca a segurança contra qualquer predicado estrangeiro, contra qualquer demanda que a desvie. M. se protege porque conhece sua parte que não consegue resistir ao chamado alheio. Hesita diante de uma soleira cortante. O jardim impressionista que M. habita é também o jardim do disforme. Rainha ou prisioneira?

Busca um significante próprio que a sustente. Um absoluto que a segure, onde possa encarnar. Fui o desvairado que, na febre do próprio sonho, se ofereceu aí, à revelia de qualquer cuidado próprio. Aqui localizo um irredutível que diz da direção de meu ser: o absoluto que ressoa em mim.

⤔

Por quanto tempo gozamos antes deste *verbo encarnado* revelar sua dimensão de fardo? De abuso? De violência? De coisificação? De tédio?

Por quanto tempo é possível encarnar uma ideia antes que ela revele a impossibilidade de soldar a palavra a um ser?

⤔

M. queria crer que eu podia tirá-la de seu jardim. Eu, a princípio, achava que M. quisesse sair de lá.

"Enrolada em fios", dizia-me.

Dois enganos.

⤔

Sei algo sobre M. porque tenho M. em mim, bem aqui, do lado de fora. A única forma de falar dela passa por atravessar esse íntimo estrangeiro.

Mostrar algo de M. é fazer minha linguagem fracassar e cair em infinitas contradições. Exibir minha insensatez nomeadora. Meu desejo quixotesco. Minha falha falante.

～

Talvez M. seja simplesmente a contraparte de uma imprudente curiosidade.

Como ouvir o desejo e ao mesmo tempo fazê-lo passar pelo ponto que, no outro, é surdo a ele? Onde cobrir os olhos? Onde esquecer? De quais apagamentos depende nossa intumescência?

Onde ceder de modo a salvar um desejo? É certo que este cálculo nos escapa. E talvez, somente por isso, ele se torne possível.

É uma forma de narrar uma certa disrupção desse desejo: se escuto o outro, perco meu corpo. Se escuto meu corpo, perco-me do outro. Uma comunhão pode ser apenas o encontro de dois pontos-cegos.

Para mim, o enlace entre a fantasia e o outro é sempre da ordem do milagre. E não há milagre que não derive da mutilação de algum ponto íntimo.

Estas questões ainda fazem impasse para muitas mulheres. É algo vivido mais em carne viva nelas que nos homens. Enquanto umas recorrem a qualquer nome coletivo como um alicerce estruturante, outras só conseguem afirmar-se aí nesta falência, neste ambíguo protesto. Sofrem deste trânsito *mal-dito*, insuficientemente dito, impossível de ser todo dito.

O feminino é tecido nesta soleira poética: como habitar lá e cá? Pois são justamente as mulheres (e os poetas) que cumprem com muito mais coragem esta disjunção entre o sentido e o que o sentido não alcança. Hesitam diante da soleira do consenso. Sabem se dividir com mais dignidade.

Por ocasião de sua relação amorosa clandestina e epistolar com a professora norte-americana de literatura Katherine Whitmore, o poeta espanhol Pedro Salinas compôs duas de suas principais obras: "A voz a ti devida" e "Razão de amor". Tenho ambos os livros.

> "Por detrás de ti te busco
> No en tu espejo, no en tu letra
> Ni en tu alma
> Detrás, más allá
>
> También detrás, más atrás
> de mi te busco. No eres
> lo que yo siento de ti.
> No eres
> lo que me está palpitando
> con sangre mía en las venas,
> sin ser yo
> Detrás, más allá te busco"

Salinas tem absoluta razão: todo poeta, todo amante, deve sua voz ao outro. A *um certo* outro.

Aquele que causa nossa voz é aquele que, ao desaparecer, nos revela algo. Este vazio revelado pertence a nós.

Jacques Roubaud: "Nomear-te é fazer brilhar a presença de um ser anterior ao desaparecimento".

M. me amou em três partes: me amou como corpo, me amou como distância, me amou como segredo.

Como responder a este amor?

Não pude evitar virar *isto* que M. amou.

. . . .

Através desse amor singular de M., chego a poder ler algo de meu próprio escrito.

Meus autores mais caros navegam nas águas dos limites da palavra: Blanchot, Quignard, Duras, Clarice, Bataille, Llansol.

Todos estes, fascinados pelo traumático passado na língua. Apaixonadamente cativos de cenas petrificantes. Dedicados a reafirmar uma fidelidade insensata às ruínas insimbolizáveis que insistem em eclodir no decorrer da vida. Buscando febrilmente achar em vão uma palavra ou um silêncio que finalmente faça borda neste oco.

Este livro quer se banhar nesse silêncio. Esse livro quer se tornar esta mulher.

Esta chama em nada difere do que Safo já havia declarado há 26 séculos: "Diante da sua visão, fico sem palavras, minha língua se parte, a febre me queima, meus olhos se borram, meus ouvidos zumbem, transpiro, estremeço".

Agamben: "um texto não tem outra luz a não ser aquela — opaca — que irradia do testemunho de uma ausência".

M. é a homenagem a um trauma na minha língua. Como os escritores que pesquiso, M. é fiel a algo da barbárie, isto é, da *infantia*. Escutamo-nos aí, nesse amor ao imemorial, ao resto que não se encontra representado, que resiste a qualquer oferta de sentido.

Roubaud: "Para quem sabe ler, só os limbos do entendimento".

Se, por um lado, as mulheres e os poetas cumprem tão melhor a vocação de manter vivo aquilo que escorre dos braços do sentido, por outro, a maioria dos homens pretende-se um soldado da língua. Soldados do consenso da língua.

M. desertou deste exército há muito tempo e me inflamou a segui-la, mesmo perdendo sua companhia.

M., em um dia de verão: "Onde você chega, ninguém foi".

Não sou um soldado da língua: minha fidelidade é para com a visita a um lugar tal que nega qualquer cuidado próprio. Escrevo para tentar ler essa topografia metonímica; meu grão de solidão. Escrevo para perder-me das palavras e ler a chama erótica que as sustenta. Escrevo para dar palavra à minha paixão de morte, isto é, à minha paixão pelo que não teve nome e que, no entanto, acena com a promessa de um começo sem fim.

Mas M. não sabe que é vento. Tenta ser árvore, dar frutos, mas escapa. A cada vez que tenta fixar raiz, algo a arranca daí. Quando a conheci, M. se dava conta desta condição.

Sou o fruto que M. não sabe que gerou com sua brisa.

Com sua brasa.

Sou a brevíssima cereja que caiu desta árvore *sakura*.

⁓

Vesti-me (ao mesmo tempo: consenti em ser vestido) de seu engano: como se, por poder vê-la aí, ouvi-la aí, eu lhe desse acesso a um outro corpo.

É minha leitura que enlaça esse acesso de M.? É este fragmento de meu desejo que a chama? Até que ponto dois enganos apaixonados podem se servir um do outro? O que faço ricochetear com meus ouvidos?

Irradiei a M. uma ideia que até hoje me escapa e que talvez escape a ela própria.

⁓

M. revirou várias de minhas páginas em busca de uma frase que jamais encontrou. Encarnei ali uma promessa escrita. Talvez nosso encontro tenha durado o tempo de sua secreta esperança.

⁓

Hipótese: amor é o nome da marca deixada por quem nos favoreceu ler algo a nosso respeito. Amor é o lugar aberto por alguém que necessariamente desaparece e nos subtrai de um saber.

Uma vez desaparecida esta primeira presença, qual a consistência daquilo que *retorna*?

⁓

Alguns homens são capazes de oferecer tudo o que têm para não precisarem pisar no terreno da ambiguidade, da errância e da polissemia do erotismo. Mas pagar com o que se tem não é a moeda praticada neste país.

M. tenta dizer. Já não é mais isso. Cala. Às vezes diz algo profundamente terno. Medita. Fuma. Detesto o cheiro de fumaça ao seu redor. Tenta dizer novamente. Sua voz pode ser profundamente musical. Seu sotaque exerce em mim um efeito de escuta expandida. De repente, suas palavras vão ficando cada vez mais ajustadas ao que é impossível de dizer.

M. às vezes fica maravilhada por este feixe velado. Abandona aquilo que pode ser dito e escolhe se sentar com seu cigarro no terraço do invisível, em frente a uma parede monotônica.

Georges Didi-Huberman: "Devemos fechar os olhos para ver quando o ato de ver nos remete, nos abre a um vazio que nos olha, nos concerne e, em certo sentido, nos constitui".

Eu seguia M.
Ainda sigo M., mesmo após seu desaparecimento.

Quando M. fala, meu referente muda. Outras direções se abrem, o território e seu centro se subvertem. Escuto um novo centro, há uma fonte para a qual não existem olhos para ver. Obedeço a isto. Não sei explicar, apenas escuto esta força.

M. é a chama que ferve o brotar da palavra. É a espera entre uma fagulha no corpo e o gesto de penetrar uma palavra imperfeita. É o ânimo em querer tocar algo inédito. M. é o milagre que faz ecoar no íntimo uma abertura.

Agamben: "O imemorial, que se precipita de memória em memória sem nunca chegar à recordação, é verdadeiramente inesquecível. Esse esquecimento é a linguagem, é a palavra humana".

De onde vem a palavra d'ela? Quero estar ali. Quero ver o local de onde brotam as palavras feito febre e silêncio que saem de sua boca. É um sussurro banhado em suor e espuma: me eriça os pelos evocar esta imagem. Minha boca saliva. O peito aperta.

Para meu corpo desprotegido e desejante de poesia, soa-me como um lugar sagrado.

❧

Aqui, M. me diria algo assim: "Cariño, como você consegue criar algo tão belo em torno de uma mulher absolutamente comum como eu?".

Diria isto com um generoso sorriso de Monalisa. Um sorriso de quem *não entende* e saboreia isso.

Era o que M. diria antes do medo.

❧

Queria estar na nascente de sua palavra urgente. Gostava de vê-la colhendo essas poucas palavras. Queria ver a fissura que torna possível seu discurso e seu movimento. Queria ver de qual desaparecimento M. é o fruto. É o mesmo lugar onde Clarice colhia seus textos, Blanchot, Llansol, Quignard. O corpo dos anacoretas, os desaparecidos que seguem caminhando à margem do grupo.

❧

Título para um livro: Os incandescidos.

M. chamava este lugar de seu abismo. Dizia que eu era aquele que, com uma mão, a empurrava e, com a outra, a segurava diante da vertigem. Fui a M. de M.?

A heterosfera: respirar ali, na verdade do vazio e do vácuo falante, na desesperança e no desamparo que ousa criar e ousa rir. Viajar este mundo.

M., a heraclitiana: recolher seus fragmentos, vestígios descontínuos, fraturados.

É a nascente de cada trauma. É a vila murada do *infans* sendo aproximada, rodeada pelas palavras que querem entrar: estrangeiras, colonizadoras, tirânicas, famintas de sentido. Como fará o *infans* para salvar algo de si?

&

Meu trauma se apaixona pelo trauma de alguns outros. E meu único referente está em ler o fracasso escrito destes outros. Renuncio às explicações, renuncio às causas, renuncio às garantias. Escrevo o que se perfila em algum lugar dentro e distante de mim: uma causa secreta.

Recorro ao mito.

Aos incandescidos.

Fiz M. tombar em três ocasiões:
Primeiro, como corpo;
Depois, como distância;
Por último, como segredo.
Quase destruí M., ignorante da vastidão de sua delicadeza.
Amar uma mulher me põe sempre diante de um violento curto-circuito.

Com M. visitei um modo inédito de experimentar os segredos. M. transitava por eles com uma naturalidade que não cessava de me surpreender. Por um alto custo, recolhi algo a dizer sobre a potência desse testemunho.

É um território delicado: M. me fez uma oferta de abertura e desnudamento verdadeiramente belos. Acima de tudo, foi uma oferta honesta: descobri que sua nudez era feita de segredos infindáveis.

M. é um doce de mil-folhas.

Brevíssimo tratado sobre o segredo:
Há uma relação entre o segredo e o começo.
Um segredo tenta guardar o começo. Busca se interpor aí: fazer do começo, fim.

O segredo procura despistar o começo, isto é, a morte. É o desejo de que começo e fim jamais se encontrem. É a tentativa de adiar o começo ao calar-lhe a voz. Dominá-lo antes de sua chegada.

Guardar um segredo aumenta-lhe a potência, isto é, aumenta o estremecimento que o corpo vive para abrigá-lo. Um segredo sempre toca a epiderme.

O segredo é o desejo do outro.
O desejo do segredo do outro.

≈

Anne Dufourmantelle: "com o segredo, somos sempre três. O guardião, a testemunha, o excluído — esta ternaridade essencial".

≈

Há quem pretenda demitir-se de seus segredos... Só se aniquilando.

≈

O começo sempre se presentifica diante da intermitência do outro. O outro sempre põe fim a algo. Só começamos a partir do outro.

Um segredo marca o inextinguível reduto de nossa solidão frente ao outro. É a marca de um descolamento irreligável com o outro. Tentamos cobrir esta fissura.

No entanto, mesmo revelado, um segredo jamais se encerra, apenas se desloca: um segredo é infinito. O eco de um segredo não abandona o corpo. É inesquecível.

A marca de um segredo é infinita.

≈

Qual a primeira fonte do segredo?

Aquela que o causa, assim como causa a nós?

Aquela que o multiplica quanto mais tenta desvendá-lo?

Aquela que exclui algo tão determinante que passamos a vida tentando, em vão, nomeá-lo.

É a linguagem.

≈

Há uma relação entre o segredo e o sonho.

Um segredo é um duplo de um sonho.

Um dia, escreverei mais um livro sobre o segredo.

&

A origem de um sujeito é um segredo jamais apreendido. Jamais se desvela o segredo de onde se proveio. Apenas por isso é que um sujeito fala: para fazer viver o segredo e manter--lhe distância. Guardar a origem conosco.

Um segredo revelado jamais esgota o começo.

Um começo não é revelável.

&

De onde vêm estas afirmações? Quem as declama com tamanha densidade? A mim, é um mistério.

&

Todo sujeito é um segredo para si próprio. Todo sujeito resiste a algo da luz. É inapreensível.

O que não permanece. O que caminha. O errante.

Um segredo: o outro nome do sujeito.

&

Estamos todos condenados a um segredo do qual estamos excluídos.

Derrida: "Como descrever então desta vez, como designar esta única vez? Como determinar isto, um isto singular mais em carne viva como se diz e, sobretudo, por que se o diz de uma ferida?".

Assim como o *não* de M., este livro também é um *não*. Ele existe, fundamentalmente, para afirmar este *não*. Ele reclama: "Não! Ainda não existe nome para o que vivi!". Diz: "O que vivi ainda não foi dito! Ainda não está todo escrito!".

Diz: "O outro tampouco saberia dizê-lo".

Diante do desaparecimento de M., disponho-me a dizer este *não*. Sirvo-me disso para me desfazer e, assim, dar corpo a uma palavra imperfeita.

Justo a mim, ocupado em outros lugares, que me supunha protegido de tamanho desvio, advertido de todos os obstáculos à expressão íntima, admirador da coragem e do talento de outros que renunciaram a tanto para exprimir um grão de experiência, agora me toca ser a testemunha de algo para o qual não há outro narrador que *eu*. Agora me toca sair de meu ímpeto de descanso para ocupar-me dessas imagens pulsantes.

Minha divisão, minha desordem, minha insurreição, minha febre, minha própria evanescência, eu a escutei através desta mulher. Não é suficiente dizer que simplesmente *outorguei* a M este poder. Com M., li algo que jamais havia podido ler antes. Ainda tento ler o que li.

Uma leitura: um reencontro com a perda de referências. Um reencontro com todos os pequenos esforços de colagem e de rasuras que fizemos no caminho de nossas perdas.

Alguns nomes evocam *algo* em nós que não se conforma a nenhum nome, mas este *algo* incide justamente em nossa capacidade de produzir um novo nome, um novo gesto. Alguns gestos transmitem algo que falta ao nome, não é incrível? De repente somos fisgados irremediavelmente em um outro circuito, para além da inércia cotidiana, um espaço se abre para além do dizível. É a afasia de um instante.

Há nomes que recrutam em nós outros nomes, mas só nos recrutam pelo que, em cada nome, se furta à luz. Nomes que nos fazem querer nomear o que em nós não tem nome, capturados em uma cadeia que nos conduz a outro lugar. Um lugar que é simplesmente outro lugar, sem localização específica. É uma expansão, uma dilatação. Nomes-chave. Nomes-barqueiro. Nomes-fissura. Trajeto tão vital quanto sombrio.

Nomear para dar vida, para ter por perto, para guardar, para fixar, para lembrar, para recuperar. Mas o nome é a perda da coisa, ouve-se. Talvez sim, mas o nome pode abdicar da pretensão de nomear a coisa para nomear o que se descobre surgir a cada fracasso.

Buscamos nessa tensão entre presença e ausência de um outro corpo nomeador algo mais no lugar do que o nome não alcança nem aplaca. Metonímia frenética, pode-se suportar ouvir a inadequação fundamental ou negá-la com tagarelice.

Um nome pode fabricar um silêncio até então inédito. E de que é feito um nome? De timbres, de tumescência e detumescência, de volumes, de saliva; de eflúvios, de cortes; de aliterações e assonâncias; feito de sal, de sucos, de sopro; de suor, de sêmen, de rubor; de seiva, de falta de ar, de tripas, de orifícios erógenos. Um nome é feito de angústia, de sangue e de silêncio. Feito do encontro inadequado entre o material e o imaterial.

Há nomes que nos descolam de nós mesmos. Abrem um espaço que nos força a um rearranjo. Há nomes que nos penetram como um parasita que agora se hospeda em nós e faz do que supúnhamos nossa identidade sólida apenas um eco distante.

São alguns desses nomes mal-acabados, verdadeiros acontecimentos, que furam nosso plasma linguageiro, atravessam nossa membrana e nos atingem neste ponto sem lugar, centro atópico. Um ponto que rasga o tempo. Remete a um antes. Antes do quê? Antes de uma aparição, um ponto antes do nome. Um esticamento que pode se dar ao infinito.

É para aí que o escritor caminha constantemente: rumo a uma escrita que estique o ponto antes da aparição, que reabra a promessa, que conte que há algo prestes a surgir. Uma escrita que evoque ao tempo entre formas distintas. Ao dentro da casca. Uma escrita que faça uma alusão jamais totalmente desvelada.

Um nome tenta escrever aquela fresta, minúscula ou imensa — depende do corpo que a confronta —, aquele átimo tão curto quanto infinito, onde, a partir de uma descolagem, algo que não existia passa a existir. Blanchot diz que o homem maduro é aquele que não cessa de nascer, aquele que carrega uma sentença de nascimento. A matéria da palavra poética mexe com esse nascimento.

Mas esta anterioridade à forma não está atrás no tempo. Não passa por retornar a um momento específico no passado. Esta anterioridade se atinge caminhando, avançando em uma sinuosa tessitura. Chegar nesta anterioridade implica habitar o tempo presente, jogar para a frente. Tocar este nascimento implica um trabalho contemporâneo. Burilar o presente e reabrir esta potência.

Da matéria de que somos feitos sem saber (qual nossa matéria?), uma palavra tenta se aproximar, ler esta brecha, arranhá-la, friccioná-la, extrair algo daí, eventualmente colocar a mão dentro desta fruta suculenta de onde saiu e da qual carrega apenas um vestígio invisível, um perfume nostálgico, intacta comoção. Um nome justo não se ocupa de fechar, mas de abrir e sustentar esta brecha onde for possível.

O jato expelido do primeiro corte que fura a casca de uma laranja. Aquele suco quase invisível que escapa a olhos menos atentos. Uma escrita que viaje a esta borda de fruta prestes a jorrar seu suco. Fazer a fruta nascer. Um lábio que, à medida que pode ser acariciado — de quando em quando — goza letras. Ou sangra letras. Transpira letras. Vibrar aí dissolve algo.

Derrida: "O que faço com as palavras é fazê-las explodir para que o não verbal apareça no verbal".

Conduzir ao instante efêmero onde o perfume inédito do sumo é reconhecido e este aroma evoca um estado de potência. Perseverar aí, no frescor da descoberta, aquilo que a casca tenta envolver. Procurar o estado de sede, o estado da espera habitada, o estado do susto, o estado de uma origem, o estado do dentro da casca. A surpresa de uma aparição diferente do mesmo.

A anterioridade é um estado de surpresa: é um encontro com o antes do saber, que se encontra *adiante* de nós. O antes é descoberto em ato, no depois, a cada encontro com o estranho, e se veste de perdido, de passado.

Pode ser esta a vocação de uma palavra absurda e insabida, esta potência ligante, transmutativa, do qual o ser falante está alheio e que, no entanto, o causa: a palavra que semeia e rasga laranjas em busca de uma subversão do tempo e da origem inalcançável.

Um desmapeamento de M.:

M. teve um rosto. Há algumas semanas busquei notícias suas e encontrei uma foto que não conhecia. Parecia atual, mas descubro que foi tirada antes de nos encontrarmos. M. possui um sorriso difícil. Olhos negros e hesitantes. Aquele rosto me faz vacilar.

M. teve um corpo. Tão úmido em nossas trocas que me exasperou de desejo. Levo meses para esvaziar meu corpo deste excesso, da espuma de linguagem que jorrou em mim.

M. teve uma voz. Uma voz que carrega uma suavidade perturbadora. Uma voz que quer se ausentar. Diz desaparecendo. É uma voz que está sempre se despedindo. Como se chegasse para dizer: "Ei, já não estou aí". Sua voz é um eco de um brilho. Como a luz de uma estrela já desaparecida. Um espectro. A esta voz se alternavam outras. Mas sei reconhecer esta voz como o bebê que distingue o balbucio de sua mãe.

M. escrevia. Depois, cada vez mais raramente. Seus escritos chegaram até mim. Falarei deles. Há exatos 15 dias, cumprimentou-me pelo meu aniversário: "Ando péssima com as palavras. Deixo a você um abraço".

M. tinha um figo no lugar de seu sexo.

Escuto o coração pulsante desse figo: suas contrações e secreções. Tenho uma fotografia dele, gravada para quando quero descansar do poder truculento do invisível.

Baudrillard: "Uma imagem sempre põe fim a algo".

≈

"...mãos que relampejam no escuro, criando a carne em extremas atmosferas... A coisa amada é uma cortina... O amador é um martelo que esmaga. Que transforma a coisa amada, ardendo como no primeiro dia de verão..."

"...a tua boca de linho, minha boca austera... Sobre nós, a vida se derramando, o leite da tua carne, a minha fugidia... Devo gritar a minha palavra... De púrpura. De prata. De delicadeza"

Herberto Helder e Hilda Hilst. Ambos nascidos em 1930. Ele em Funchal. Ela em Jaú. Quatro agás. Laço incandescente de uma oferta gratuita. Estou marcado por ambos em cada verso deste esforço misterioso.

Aqui, a noite estremece: úmida e cálida.

Uma vez M. me ofereceu um chiste: "isto só poderia ter sido dito por um homem".

Não recebi isso como um ataque, embora já o tenha feito em outras ocasiões com ela. Afinal um homem é, antes de mais nada, *aquele que precisa se defender*.

M. se intrigava com algumas diferenças entre nossas posições. O que distingue um homem de uma mulher? Já o disse: M. se pretendia à margem de costumes sociais. Como se, de tão vaporosa, tentasse passar ao largo de qualquer comparação ou rivalidade.

M. fugia deste saber de que também é feita: o medo de perder o que se ama e aquilo que *roubamos* para poder existir. São insígnias que tomamos do outro e com as quais nos vestimos para nos fazermos amáveis.

Sempre roubamos em segredo traços do outro amado. Todo falante é, em alguma medida, ignorante de sua pilhagem. Todo ser suficiente é um ladrão bem-sucedido em sua mentira e seu esquecimento.

A História é o gesto incessante de lembrar e esquecer das pilhagens dos agrupamentos humanos.

O amor se revela na relação com esta pilhagem: antes, durante e depois dela.

Para além de minhas admissões, este livro é o registro das pilhagens que fiz e que desconheço: escorrem pelas palavras que devorei daqueles que amo, mesmo que sob a forma do ódio.

❦

M. queria se defender da ideia de ter algo que pudesse perder. Queria esquecer que a perda já se fazia de saída. Declarava-se despida para não ter mais o que perder.

Perder é sempre primeiro.

Mas M. tinha o que perder. Fui eu quem lhe iluminei isso com uma brutalidade ética a qual estou interditado de explicar.

❦

O medo de perder: qual ínfima parte de nossa civilização e nossa vida conjugal pode respirar fora desta exaustiva paixão?

❦

M. dizia que era outra pessoa antes de me conhecer, que sua vida era feliz, que funcionava bem, integrada a seus projetos, suas traduções, suas exposições fotográficas, seus poemas, às custas de um esforço e de renúncias que somente a ela cabia decidir.

Aqui, não posso falar mais.

O fato de M. ter escolhido uma catástrofe me seduziu ao mesmo caminho. Fiz da catástrofe minha morada, minha mulher. M. foi fiel ao seu desastre. Não pude escolher outra coisa que ser fiel ao meu.
Falo por M. Falo para M. Falo em M.

Uma mulher e sua inconsistência: algum dia deixarei de arder?

Desejo localizar algo do ponto que visitei. Visitei um ponto topológico. Visitei uma promessa, um lugar que rearranja meu lugar *anterior*. Tem a ver com uma certa distância em relação à miragem de encontro com o objeto amoroso. Não estou na causa disto. Sou aquele que não obstrui essa voz que quer perseverar na existência.
Diante desta miragem, desde o lugar de onde avisto esta cena, algo acontece com meu corpo. Um estado ao qual atribuo uma importância decisiva. Fundante.
Este drama é apenas a tentativa de dizer dos ritmos entre aproximação e afastamento, entre as ilusões de apreender o encanto e das quedas de tal ambição. Os sentidos que pude dar e que posso perder, é nisso que vivo e é disso que padeço.

Escrevo para produzir algo deste efeito. Desejo ser M. (sem jamais sabê-lo como) para um leitor. Brinco de ser M., como quando criança brincava de ser meu super-herói favorito.

Escrevo para não saber.

Jamais abandonamos o jogo do carretel, eternizado no relato sobre o neto de Freud.

⸗

Alferi: "Existe frase quando o ímpeto do proferimento, seu excesso e sua precipitação se tornam pulsação, quando um dispositivo rítmico carrega a afirmação".

Abandono a segurança e a discrição do que não grita para jogar-me no risco de dizer algo de próprio, de inédito. Não tenho nenhuma garantia de que isso aconteça, a não ser uma obstinação invisível. A questão que cai ao dizê-la é: algo disso passará?

É incrível quanto tempo perdemos acreditando na ideia de que nossa palavra mais única poderá ser ouvida pelo outro como um nome violento e inadequado. Mas é diferente: é que nossa palavra mais única jamais será ouvida. Ainda: ela jamais poderá ser dita. Não existe um nome-todo que nos diga.

Há um dizer que só nasce ao prescindir de sua legitimação prévia. Há um gesto a fazer ecoar a partir disso.

Há um cão no corredor. Há suor nas paredes. Há uma mulher chorando, de coração pequeno, depois do orgasmo. Há uma mesa de jantar com o vidro trincado e uma poltrona rasgada por anos de descuido. Há uma planta erótica em um vaso erótico. Há infinitos espaços de silêncio. Há pouquíssimos móveis à vista. No 12º andar deste edifício, há uma cortina blecaute no quarto para proteger M. da luz.

Quando a cortina está aberta, há uma janela com vista para a cidade, e não é possível dormir com tamanha claridade. Há uma carta minha afixada na parede ao lado da porta de entrada. M. lê esta carta de vez em quando, desconheço em que circunstâncias. Há um beijo de bom dia em um inesquecível fevereiro. Há um jantar prenhe de mal-estar. Há outro como esse. Há remédios no criado mudo. O vento padece de um corpo.

Não dou um passo sem tropeçar em algum segredo. Sou um clandestino. Um clandestino chamado.

Esta casa, estrada real, ruínas de outros tempos. Exala anterioridade em suas partes caídas: Via Ápia. Meus olhos estão predispostos a ver os pedaços recobertos de um início sobre outro, sobre outro.

M. usa um roupão cor vinho e um lenço na cabeça enquanto caminha com desleixo pela cozinha. Senta-se com um livro no colo e uma xícara de café. Daqui a trinta minutos me fará uma pergunta sobre sua leitura, depois de fazer um compene-trado silêncio e folhear as páginas freneticamente.

∾

Você sabe como M. lê?
Ainda não sou capaz de ler como M.

∾

Sou habitado por cenas. Para cada palavra que tento escre-ver sobre elas, há um pedaço de invisível que violento, que arranco do silêncio e do disforme. Estou sempre na tênue fronteira entre o incomunicável e a impostura de senti-dos excessivos.

Nova questão: estas cenas querem ser ditas ou querem per-manecer no silêncio?

Primeiro salto: estas cenas querem encontrar sua dignidade.

Segundo salto: cabe a mim criar a dignidade, isto é, o valor destas cenas.

Terceiro salto: a dignidade passa por recuperar nestas cenas sua leveza fundamental. Seu valor de contingência.

Devolvê-las a esta leveza é o maior desafio. Conseguirei perder-me deste apego?

O que não aceito ceder? Ainda não sei explicar, mas sei reconhecer. Este livro cinge meu próprio irredutível que me escapa.

∾

M. é o avesso. M. é o verso da página. M. é sempre o verso da página. A cada vez que avanço, que caminho, que folheio, que procuro, é o verso que me chama e é o verso que escuto. M. é este verso que tento escrever sem jamais encontrá-lo.

M.: *encantada ilharga.*

Também sou habitado por esquecimentos. São eles que reclamam mais a palavra que eu.

M. gostava de ouvir ser chamada de *minha*. E em certos dias, também gostava de ser chamada de outro nome que aprendi, ao custo do desastre, a não habitar com nenhum conteúdo.

Eu escrevo como M. lê.
M.: impredicável fenda febril, nebulosa indecomponível.

M. crê em um deus: ele toca violão e sorri com voz mansa.

[Houve aqui uma frase durante toda a escrita deste livro. Uma frase que sustentou a escrita de outras ao seu redor. Esta frase de M., suprimo-a. Jamais será lida.]

Este texto não pode ser um poema. Ele quer estar antes. Quer estar atrás do verso. Quer estar perto da poesia, mas fora dela. Estamos disjuntos.

Então, qual o nome deste lugar? Pergunto ao mesmo tempo em que prescindo da resposta.

Não me interesso tanto pelo poema, mas por aquilo que faz brotar o poema. Pelo ponto íntimo onde o poema se origina. Penetrar esse buraco úmido e fecundo onde um brilho se assopra em palavra.

Um poema é como um segredo. Quero apenas ser vizinho a ele.

Qual corpo pode receber um trauma e criar a partir dele? Qual corpo pode acolher *pathos* e ligá-lo a novas letras? Qual corpo pode habitar este desconforto e impor sobre ele alguma potência de vida? Qual corpo pode padecer da perturbação de uma palavra nova, de uma outra voz? Qual corpo pode suportar o esgotamento e a vacilação do sentido? Qual corpo pode receber o aparecimento das promessas de milagre e transitar por seu desaparecimento, sem abandonar-se por inteiro à melancolia do ocaso?

Qual corpo pode emprestar dignidade à palavra ventilada que se empresta a se perder? Qual corpo pode amar o que não lhe reflete? Qual corpo pode agonizar diante de um encanto sem recuar? Qual corpo pode tombar ao ler um poema? E escrever desde aí? Qual corpo pode gozar da inconsistência de cada nome e daquela do nome próprio? Qual corpo pode atravessar algumas miragens e encarar o vazio onde tentou unificar seus pedaços? De quanta mesmidade um corpo necessita antes de poder consentir à alteridade? E quanta outridade um corpo suporta sem assujeitar-se por completo? Não é qualquer corpo, embora todo corpo falante tenha visitado algo deste drama. Qual corpo está à altura de homenagear o momento de derrelição de onde adveio? De que este corpo necessita para poder nadar por estas águas? De fôlego, de paixão, de coragem, de desaparecimento, de memória, de fortuna?

Só nada aí um corpo perturbável. Um corpo despertável. Um corpo feito de milagre.

Não é disto que diz quem perdeu seu ser?

⁓

M. foi possível e fui possível a M. porque nossos corpos comportavam alguma brecha a isso em um momento específico e singular a cada um. Puro acaso: imprevisível e irrepetível. Ainda que jamais pudéssemos antever as consequências radicais de tal enlace, houve um consentimento que veio, também, de nossos corpos. Da penetrabilidade de nossos corpos. É uma demissão. Não sabemos qual chamado nos governa.

Um encontro depende da potência de perturbação que cada corpo tolera de suas fronteiras e de seu frágil envoltório. Um encontro erótico depende sempre da febrilidade de um corpo desobediente à segurança e ao conforto.

⁓

Depois de meses de escrita, passo do objeto gritante ao objeto cortante.

⁓

Quero aquilo de que o poema é resto.

⁓

Não sei nomear a que meu corpo diz *sim*. Consigo reconhecer alguns índices ao redor de um campo, mas o centro, a essência deste ponto opaco, escapa-me.

Trato este desconhecimento com um respeito difícil de qualificar: é um *sim*, uma ética que se tece aí, nessa obscura afirmação, obscuro compromisso. Neste campo, o cuidado só pode ser secundário a este valor sem nome.

Roubaud: "Teu nome é traço irredutível".

Três esforços tardios de introdução:

Esforço nº1: Este livro é um esforço de registro, isto é, um trabalho para inscrever novos traços, isto é, inscrever marcas do que se ausentou, isto é, criar presença, isto é, um trabalho de luto, isto é, um trabalho de leitura, isto é, de enlouquecimento, isto é, um copo de cólera, isto é, um milagre, isto é, um sacrifício, isto é, um abandono, isto é, um extravio, isto é, uma invenção, isto é, um balbucio de vida, isto é, um gozo insensato, isto é, algo impossível de nomear...

Esforço nº2: Este livro se interroga e se dirige ao corpo. Segue uma frágil, delicada e violenta pulsação. As palavras são o suporte provisório e circunstancial para tentar iluminar, evocar estas pulsações: aquilo que aparece e desaparece, reaparece em outro lugar e volta a desaparecer. Isto irrompe, furta-se, rumoreja, cresce, estremece, enternece, endurece, cala.
A única coisa que desejo produzir neste livro é um desaparecimento, isto é, um nascimento.
Nunca cultivei uma perda com tanto esmero.

Esforço nº3: Um homem, sentado sobre um silêncio furioso, enfurnado há meses dentro de uma caverna onde apenas um suave feixe da luz do dia penetra por algumas horas, cercado de ossos, pedras, restos de animais, carcaças, vísceras, panos secos e úmidos, protegendo-se das temperaturas extremas, com pedaços afiados de pedra e madeira, com respiração ofegante, balbuciante, cambaleante, agitado, juntando e remexendo freneticamente os fragmentos recolhidos, até que um gesto lhe abre um talho na mão e, no meio destes movimentos ininterruptos e anestesiados, uma marca de sangue se desenha no chão, evocando-lhe a figura de alguém que encontrou em outro tempo e que desapareceu.

Este homem trata esta marca como um referente. Algo irradiado de dignidade.

Este homem quer apenas perenizar esta marca.

O que resta de um homem que luta para apagar esta marca?

~

Montei um imenso mural em frente à cama no quarto onde durmo. Há uma luz suave projetada sobre uma parede onde trato de afixar bilhetes, notas, fragmentos colhidos, palavras tocantes, vestígios de outros autores. Às vezes leio o que escrevo, às vezes preciso virar os olhos dali. Às vezes me levanto no meio da noite para inscrever uma imagem que se assopra na minha mente. Depois de algumas semanas, o mural transborda de notas. Agora brinco de recolhê-las.

Encontro duas passagens:

Derrida: "Não se pode testemunhar senão pelo incrível".

Clarice em GH: "O que vi não é organizável!".

~

Escrever este livro é também viver estes gestos físicos: pregar, retirar, recortar, anotar, apagar, rearranjar, esconjurar, grifar, corrigir, subtrair, iluminar, acrescentar, cortar, colar, manchar, amassar. É uma exaustiva atividade física em torno do inominável.

Yves Klein: "Meus quadros são as cinzas da minha arte".

~

Durmo as noites desta temporada em Lascaux, de frente ao silêncio eloquente da origem muda. Circundo este vazio com fragmentos. Materializo o impossível de sua recomposição. Pago com suor e tremor a pintura de uma cena perdida. É preciso pôr algo nessa cena para revelar as ausências que nela insistem com brilho.

M.: uma letra para um começo. Uma travessia pelas minhas rasuras.

Tenho agora o corpo exangue. Respiro com pesar a distância insuperável entre os traços e a ausência de M. Há um resto que não vira traço.

Há uma mendiga já sem cabelos entregando sua filha doente para adoção, há um par de olhos de avenca prevendo o acender de uma luz na janela de um apartamento estranho, há fumaça vinda de uma vila ardendo em brasa, há uma sala branca, imensa e vazia, com uma escada clara e uma lupa pendurada no teto, há dois santos em uma redoma de vidro, há uma mulher nua envolta em papel de parede posando para uma câmera, há cartões sobre a escrivaninha com anotações de luto, há sangue pingando de um braço já inerte e sem vida, há um homem caminhando rumo ao silêncio para redigir seu último reino...

Sou aquele que homenageia uma violência que o tocou. Dou poder e dignidade a algumas cenas para que possam se desinflar da dureza de um destino.

Este real siderante: uma experiência de descontinuidade que traz em si algum prazer insondável. Tento sustentar-me aí, olhar de frente o que meu corpo não alcança ligar. Olhar de frente o que descontinua meu corpo. Nesta brecha mínima, neste ponto de espanto, há um mundo. É justamente o instante que permite criar qualquer mundo.

A sexta tese de Benjamin: "Articular historicamente o passado não significa conhecê-lo 'como ele de fato foi'. Significa apropriar-se de uma reminiscência, tal como ela relampeja no momento de um perigo".

Em *O livro por vir*, Blanchot diz de Nerval e desta categoria de escritor: "É porque eles já encontraram Aurélia que podem começar a escrever".

Aurélia: marca da subversão que causa a voz do poeta. A mulher que o incandesceu. A voz a ela devida.

Na madrugada de 26 de janeiro de 1855, louco, Nerval se suicidou enforcando-se em uma ruela de Paris. Trazia no bolso a segunda e derradeira parte do manuscrito inédito de Aurélia.

Uma direção se impõe: amar o inencontrável: *L'introuvable*.

Em francês, a palavra *trouver* (encontrar) contém a palavra *trou* (furo). No *introuvable* está o furo, o inencontrável que pulsa e fala em nós.

É do inencontrável que descendemos.

É do inencontrável que caímos.

É do inencontrável que escrevemos.

Primeiro acesso: buscou a primeira palavra todo aquele que pretendeu dizer o nome que completaria a demanda de alguém.

Segundo acesso: buscou a segunda palavra todo aquele que pôde *ler* e quis *dizer* algo dos fracassos e insuficiências desta miragem.

A escrita é um dos produtos possíveis deste fracasso. Ela é o sucesso em se assimilar o fracasso da língua, em garantir uma consistência em uma relação com o outro.

A escrita e o segundo acesso: tornar o furo desta estrutura possível de ser *lido*. Reabri-lo. Fazê-lo começar. Fazê-lo falar.

Se minha paixão de pesquisa é um desaparecimento que me concerne, é na medida em que me descubro causado por este momento de, de repente, perder uma referência em um outro amado e ter que recorrer à palavra.

M., agora, é o lugar de onde o segundo acesso pode brotar. Semeio um verbo como um cego. Chacoalho alguns signos até que caiam e revelem o furo de onde uma força emana.

Hilda Hilst: aproximar-se do "batismo da palavra".

Este *não* que singulariza o sujeito, como fazer dele algo fértil? Como transmutá-lo?

Nossa vida é esse *não* que precisamos inventar, se quisermos existir para além da submissão à palavra do outro. Cada um deve ler e fundar sua própria escrita para dizer algo desse *não*, criar uma vida que comporte esse *não*. Criar um não fecundo, passível de responder aos *nãos* dos outros e de produzir parcerias que retenham algo desta marca de solidão de cada um.

Talvez tudo o que eu tenha visto e agora tente dizer possa se escrever assim: A e B. Havia algo, depois isso mudou. Havia algo e depois não estava mais ali. Mudança, acaso, perda, diferença. Ganho? Inventamos alguns poucos nomes fundamentais para nomear esta passagem. Um atravessamento entre a ausência de questão e o aparecimento da questão: o que houve aí, precisamente aí?

Mas não seria o inverso? Não é somente no segundo momento que descobrimos que houve um momento anterior e então tentamos nomeá-lo? Não seríamos, então, os crentes que acusam ter existido um antes onde não havia voz para dizê-lo lá?

Como se nossos olhos só pudessem ver quando o momento anterior já passou, como se a palavra entrasse sempre em um *depois* que só pode surgir às custas do apagamento, do que havia de presente no momento primeiro. Então, só se pode dizer às custas de perder o inomeado do momento anterior. Esse anterior só se nomeia retroativamente, em uma distância artificial, necessariamente aquém do vivido. Só a ficção pode dizer do momento anterior.

Tento retificar: talvez a palavra surja em um tempo *terceiro*, para dizer da *diferença* entre o momento *primeiro* e o momento *segundo*, e dizer de um momento que justamente precedia a palavra, tempo sem nome.

Onde o nome está, algo já se apagou.

❧

A escrita precisa contar: é o *três* querendo partir do *dois* para aproximar-se do *um*. Tenta ir além: o *três* tentando retificar e explicar a diferença, apostando no retorno ordenador ao *um* absoluto, sólido.

❧

A palavra dá corpo ao desaparecimento mediante a irrupção de um intervalo vazio. O sentido se impõe para tentar acusar uma diferença. Nossa vida não seria a tentativa de decifrar, articular e habitar as diferenças que sucedem aos nomes? Um nome é um sinônimo da diferença.

Um nome: delicada mortalha criadora.

Corpo e segundo acesso: órfãos-herdeiros tentando imiscuir-se na origem.

❧

Nascer: o *três* que, ao contar o que o precedeu, fabrica um apagamento. Ao ler o que *não está mais ali*, descobre-se exilado para sempre de uma parte de si mesmo. Aquele que diz algo, o diz ao preço deste desaparecimento.

No fracasso da escrita, na leitura do desaparecimento, fazer pulsar a descoberta e ao mesmo tempo reter a marca de sua passagem contingencial. Cuidar deste furo ejaculante.

❧

Durante todos estes meses, revisitei alguns enigmas de outros, fi-los meus. Onde havia a indicação de um fragmento acenando em outro lugar, brinquei de ir atrás deste pedaço faltante. Busquei diversos objetos, giros provisórios.

Então aquele que escreve aqui apaga o vivo e febril da experiência muda? Ou é aquele que inventa a coisa narrada?

Escrita: o assassinato honroso, memorável e astuto que institui a coisa.

Nove siderações:

1. *Saigon, março de 1923*

No sul do Pacífico, em meio a dezenas de rios que bordejam a planície costeira, por entre aldeias, choupanas, bangalôs construídos sobre palafitas, por entre campos de arroz às vezes tomados por centenas consecutivas de dias de chuva, em meio a insetos e a um calor engolfante, crianças brincam com os pés descalços na lama, na beira dos rios ou dentro da selva espessa. Correm pela mesma terra por onde passam tigres, esquilos, ratos, por onde apodrecem pássaros e, vez ou outra, onde pequenas crianças são deixadas mortas, por doença ou por fome. A lepra ronda toda a região e o risco de contágio é uma preocupação constante.

Junto de seu irmão mais novo, a pequena Marguerite Donnadieu passa seus dias aí, brincando com outras anamitas no litoral da Indochina, então sob o domínio francês. No mercado local, mães em condição de profunda miséria oferecem suas crianças recém-nascidas em troca de alguns sacos de batata roxa.

Cedo órfã de pai e deixada aos cuidados de uma mãe com quem sempre manterá uma relação conturbada, Marguerite passará uma infância fissurada entre um contato com a língua, a pobreza, o racismo e as doenças locais e a referência a uma cultura francesa longínqua que só conhecerá pessoalmente muitos anos depois.

A cena que se segue tem efeito de fulgor para a menina: quando tinha cerca de oito anos, caminhava da escola em direção à sua casa, quando notou um carro preto aproximar--se de uma residência diplomática. Uma mulher desce do veículo, cabelos louros, olhos cor azul-cinza, um elegante vestido negro, decotado, que deixava descoberto seu corpo branquíssimo e magro. Trazia um penteado impecável e usava um perfume que exalava outro mundo possível, outro feminino que não o de sua mãe.

Na curta distância entre o carro e a casa, observa esta mulher caminhar lentamente, com passos tão leves que Marguerite estremecia em sua falta de palavras, sem desviar os olhos dali por um segundo. Estes fragmentos queimam a pele desta menina, que reterá este instante por toda sua vida, entregue aos acréscimos ficcionais providos por seu próprio desejo.

Soma-se a esta imagem a notícia que corria a cidade: a de que o jovem amante desta mulher teria se suicidado no país vizinho por conta do término da relação entre eles. O apontamento de que se podia viver tamanha dor por amor só fazia aumentar a febre medusada de Marguerite. Tamanho enlace entre beleza, mistério e morte exercerá sobre a jovem uma sideração tal que pouco após este episódio ela começará a escrever seus primeiros poemas.

Na época da universidade, Marguerite se mudará para a França e lá se estabelecerá em definitivo, adotando, durante os anos quarenta, o sobrenome pelo qual ficará célebre: Duras.

Sessenta e quatro anos depois dessa cena, Marguerite afirmará em um livro: "Eu me lembro do tipo de emoção que se produziu em meu corpo de criança: o de aceder a um conhe-cimento ainda interditado para mim. Era preciso inventar ali um vocábulo que dissesse que, evidentemente, não era possí-vel compreender o que havia ali para compreender".

A mulher que Marguerite descobriu naquele breve encon-tro receberá, daí em diante, um pseudônimo conhecido: Anne-Marie Stretter, personagem de *O Vice-cônsul*, *O amante* e *O deslumbramento de Lol V Stein*.

Muitos anos depois, em uma entrevista concedida para a televisão, Duras dirá que será este flash, esse instante mínimo, essa troca de olhares entre uma menina e uma mulher, que abrirá um furo nela, desde onde fará jorrar sua perturbação sob a forma de escrita.

Seu olhar já sereno na velhice, a robustez de seu silêncio, tantos anos mais tarde, guarda ainda um brilho de respeito para com este eclipse e o infantil que aponta em direção à sombra portentosa do enigma: "Foi esta mulher quem me levou a penetrar no duplo sentido das coisas".

∽

Para Duras, escrever se torna um meio de atenuar o peso atroz da presença materna em diálogo com este feminino avassalador, já indiscernível do mortífero: "Escrevo para me massacrar, me estragar, me vulgarizar, me abismar no parto de um livro. Quanto mais escrevo, menos existo". Era através dessa escrita, na qual podia deixar de existir, que Marguerite se aliviava.

"Acredito realmente ter começado a escrever por causa dela: como se o que eu escrevesse não passasse da reescrita incessante da fascinação súbita, um dia, pelo langor quase mortal dessa mulher".

∽

Em "Écrire": "A escrita vem como o vento, nua, feita de tinta, e passa como nenhuma outra coisa na vida".

Marguerite, como eu, começa a escrever para dar algum contorno verbal ao encanto arrasador causado por um brilho que diz algo do feminino e da morte: "Esta mulher tornou-se meu segredo".

2. Paris, 4 de outubro de 1926

Em uma tarde de segunda-feira, durante uma caminhada pelo centro de Paris, na praça onde ainda hoje está a igreja Notre-Dame-de-Lorette, um homem cruza o caminho com uma exótica mulher que caminhava na direção contrária. Estabanada, frágil, maltrapilha, com uma maquiagem curiosa, esta mulher andava com um leve sorriso, destoando da massa disforme de passantes. O homem voltava de uma ida à livraria, onde acabara de comprar o último livro de Trótski. O efeito de curiosidade é tal que ele aborda a mulher em um impulso: trata-se de Léona Delcourt.

De imediato, um diálogo capturante se estabelece entre ambos e passam a próxima quinzena encontrando-se quase todos os dias. É deste encontro que tem origem o livro "Nadja", obra expoente do movimento surrealista e que narra as profundas impressões que este evento causou em André Breton.

"Olhos de avenca" que "deixam transparecer ao mesmo tempo uma obscura miséria e um luminoso orgulho": é assim que Breton tenta dizer o mistério em torno do olhar de Léona. Ao final do primeiro dia, ainda desconhecendo o nome de sua interlocutora, Breton lhe pergunta: "Quem é você?".

Léona acerta sua resposta: "Sou a alma errante".

Léona dirá, dias depois: "On ne m'atteint pas". (mantenho a frase original pois as traduções não lhe fazem justiça: "Não se pode me alcançar").

Léona, o vento.

❧

Embora tenha ficado absolutamente cativado pela liberdade com que Léona se expressava junto a ele, Breton logo torna-se precavido e imbuído de um interesse decididamente intelectual. Sua paixão se arrefece.

Breton sustenta por algum tempo um envolvimento amoroso e homenageia Léona no livro, mas uma pesquisa mais detalhada permite entrever outra leitura. Era Breton a musa de Léona, mais que o contrário. Era Léona quem estava siderada pelo encontro e quem mais padeceu da separação.

Viajo em busca de Léona, esta que, como Camille Claudel, terminou seus dias internada em um asilo psiquiátrico.

Depois do ponto em que Breton interrompe seu relato, Léona ainda lhe envia cerca de 27 cartas. São mensagens de uma paixão angustiada e não correspondida (só temos acesso às suas, encaminhadas via pneumático ou escritas nos guardanapos dos hotéis por onde passava), cheia de ilustrações cativantes, que narram a mescla inseparável entre sua deriva interior e seu ímpeto criativo, sua errância por diversas estadias, suas severas restrições financeiras, a necessidade de se prostituir continuamente para pagar suas despesas (Breton a ajudou durante algumas semanas). São mensagens enviadas antes do rompimento definitivo entre eles e antes da crise que a levaria a ficar internada em um hospital psiquiátrico até sua morte.

Léona jamais leu o livro de Breton, mas, em suas cartas, mostra-se extremamente decepcionada com o retrato que este lhe concedeu em seus escritos.

Breton me produz reações ambíguas: por um lado, é calculista, cerebral, prevenido. Sua musa é o surrealismo. As coincidências e estranhezas que lhe sucedem servem-lhe para enriquecer seu projeto. Talvez eu inveje sua astúcia. Sua salvação foi transportar seu encanto para a produção de um projeto e um discurso próprios. Breton (como Duras) sobreviveu ao encanto para tentar dizer algo dele.

Léona abre algo em Breton. Releio "Nadja" recolhendo sutilmente os pontos em que Breton deixa entrever sua angústia diante de uma promessa que parece proibida de se consumar: o que Léona irradia — e que só ele parece ver — parece incompatível com as exigências da vida social: manter-se em um trabalho, sustentar uma moradia, uma saúde estável, um convívio com sua família (tinha uma filha).

Dias depois, Léona surgirá devastada com o afastamento deixado por Breton. Não se recuperará deste choque. Cerca de seis meses depois de se conhecerem, diante do iminente abandono de Breton, tem uma crise no hotel onde estava hospedada e a partir daí é recolhida e enviada a diversos hospitais.

Para o saber psiquiátrico que a escutou e a sentenciou durante sua internação, Léona foi classificada com o seguinte transtorno: "estado psicopático polimorfo com predominância de negativismo e maneirismo". Ficará catorze anos internada, e morrerá em 1941, com trinta e nove anos, minha idade hoje.

Breton e Léona, cada um desde sua diferença, produziram uma resposta a um encontro raro e contingente, no qual aparição e desaparição chacoalham o corpo e invocam novas formas de expressão. Dar ouvidos é uma paixão perigosa. A fronteira entre um livro, um desenho ou o hospício parece fina como uma lâmina.

3. Saône-et-Loire, junho de 1944

Apesar da Segunda Guerra Mundial aproximar-se de um desfecho, grande parte da França ainda seguia ocupada pelos nazistas desde 1940. Já era claro que a Alemanha sucumbia aos aliados, embora no coração da França o exército alemão seguisse retaliando civis, incendiando casas e fuzilando alguns proprietários nas vilas próximas.

Um Blanchot com 36 anos está no "Castelo" —assim era chamada a casa onde nasceu — junto à sua família: uma tia de 94 anos, sua mãe, sua irmã e sua cunhada, quando alguém bate à porta. Surge ali um comandante acompanhado de uma dúzia de oficiais nazistas que ingressam com o imperativo "Todos para fora!". Blanchot é acusado de escrever jornais clandestinos, a casa é revistada e o pior se insinua.

Depois de tensos minutos, Blanchot e seus parentes caminham em direção aos fundos da casa, onde serão fuzilados pelo pelotão. Revistado e empurrado, Blanchot implora ao comandante que poupe sua família. Sente-se resignado quanto ao seu destino.

Neste intervalo, estrondos são ouvidos nos arredores do Castelo, indicando a aproximação da resistência francesa. O comandante se afasta do grupo para verificar de que se trata. Em sua ausência, os demais soldados revelam sua verdadeira identidade: são russos, circunstancialmente aliados aos alemães, vestidos com o uniforme nazista e saqueando as casas da região. Já satisfeitos com a pilhagem, indicam a Blanchot para que fuja e este desaparece na mata.

Enquanto corria pela floresta nos arredores da vila, descobre que outras casas ardiam em chamas, e que alguns fazendeiros haviam sido sumariamente fuzilados por aquele mesmo pelotão. Por que ele havia sido poupado?

Apesar de ter partilhado este episódio com seus amigos mais próximos e em algumas cartas, este evento só será tornado público em um de seus últimos trabalhos, realizado em 1994, cinquenta anos depois do ocorrido: "O instante de minha morte". Já contava então com 87 anos. Viveria mais 9.

Amigo de Duras, de Bataille, de Derrida, de Lévinas, admirado por Lacan, por Merleau-Ponty, por Breton, por Camus, por Beckett, o autor da "Conversa infinita", do "Livro por vir", da "Escritura do desastre", dedicará toda sua vida a pensar o lugar de onde brota a literatura. Dedicou-se fielmente a este objetivo inteiramente afastado da cena pública e do debate de seus escritos.

Para mim, ler Blanchot é expor-me a um convite violento e ainda impossível: o de me dedicar sem cessar a este prazer da leitura, da escrita e da conversa que se dá neste lugar de silêncio.

Uma vez desaparecido naquele evento, Blanchot parece adquirir a leveza de quem já abandonou o medo e pode ocupar o espaço inédito do *ainda não escrito*. Jamais recuou deste convite: "O instante da minha morte, sempre pendente".

4. *Londres, 7 de novembro de 1966*

Um músico célebre, então com 26 anos, é convidado por um amigo a visitar a galeria de arte *Indica*, em uma segunda-feira gelada, véspera de abertura de uma exposição chamada "Unfinished Paintings and Objects" (*Objetos e pinturas não acabados*). Quem conduzia esta obra era uma artista de vanguarda que vinha de Nova York especialmente para a abertura.

Nas entrevistas dadas anos mais tarde, John Lennon dirá que o que o motivou a ir à exposição foi o boato de que a artista se apresentaria dentro de um saco preto e, principalmente, a expectativa de que haveria performances de cunho sexual. *Uma orgia*, imaginou.

No lugar da orgia, encontra obras que fraturam-lhe a expectativa: objetos banais expostos e comercializados a preços exorbitantes: uma maçã fresca por £200 e uma sacola com pregos por £100.

A princípio, sentia-se a presa ideal para uma exposição de arte: um milionário que poderia dar publicidade ao espaço e gastar seu dinheiro em qualquer objeto que prometesse a aura de uma obra de arte. Afinal, Lennon suspende sua desconfiança e decide ficar neste espaço onde as convenções são desconstruídas com um humor peculiar.

Um gesto foi eleito como o representante da captura. Na obra "Painting to Hammer a Nail In" (algo como *Pintura para martelar um prego*), os visitantes poderiam usar um martelo, preso a uma corrente, para afixar um pedaço de prego em um painel. Lennon tentou participar do experimento, mas, por ser véspera da inauguração, recusaram-lhe a iniciativa, já que estragaria a montagem do cenário. Era um *beatle*, e a pressão para que atendesse ao seu desejo fez Yoko reconsiderar a proposta e impor-lhe o pagamento de 5 *shillings* para usar o martelo (uma quantia ínfima).

Lennon então propõe o pagamento de 5 *shillings* imaginários para uma martelada imaginária.

"That's when we really met", disse ele à Rolling Stone em uma entrevista em 1980, poucas semanas antes de ser assassinado.

Com a anedota dos *shillings*, Lennon ofereceu a Yoko um pedaço do invisível. No espaço onde era Yoko quem subvertia as expectativas dos visitantes, Lennon retribuiu a ela um pouco do efeito do imprevisto.

Há uma beleza neste encontro: ele se tornou possível na medida em que Lennon procurava *outra coisa*. Em meio a esta procura, foi atravessado por um desvio e consentiu em se deixar capturar nele. Poderia ter ido embora e buscado sua orgia em outro lugar. Ficou. Separou-se de sua primeira mulher, abandonou sua banda de rock, deixou seu grupo de garotos. Aceitou a perturbação, abraçou a queda. Consentiu o vento. Não se queixou. Não tentou se salvar. Aceitou-se chamado. Saltou e se reinventou em outro lugar.

O vento às vezes é apenas uma anedota surgida em uma situação prosaica de constrangimento.

5. *Rio de Janeiro, 5 de março de 1972*

O endereço é a Rua Gustavo Sampaio, localizada no Leme. No ponto de encontro, há dois santos em uma redoma de vidro e algumas conchas do mar descansam sobre uma mesa. Há quadros aos montes nas paredes e, junto aos móveis da sala, intercalados por espaços vazios, alguns retratos de família. Na varanda há uma rede. E cigarros, cigarros em todos os cômodos.

Em um domingo de calor no Rio de Janeiro, é publicada no Correio da Manhã uma entrevista que Clarice Lispector concedeu a Germana Lamare em sua casa. O título da matéria é: "Clarisse Lispector esconde um objeto gritante". Atento para a grafia peculiar de seu nome.

Poucos sabem que a versão publicada de "Água Viva", livro denso e exuberante, foi o resultado da transformação de um manuscrito gestado por três anos, e que chegou a ter dois títulos distintos: "Atrás do pensamento: Monólogo com a vida" e "Objeto gritante" (daí o título em questão). O manuscrito inicial desta obra, seu décimo terceiro livro, havia sido concluído em julho de 1971. "Água Viva", como tal, somente seria publicado em agosto de 1973, com sensíveis alterações.

Na época da entrevista, Clarice ainda apostava na publicação de "Objeto Gritante". As alterações que fará em seu texto até a publicação de "Água Viva" se darão nos dezessete meses seguintes a este encontro.

Quando se chamava "Atrás do pensamento", o texto trazia muito mais aspectos autobiográficos do que a versão final deixa entrever. Nestes dois anos de indefinição, Clarice desejou tratar e enxugar toda pessoalidade deste escrito. A revisão desta obra consistiu em um processo de sucessão de cortes onde, ao final, praticamente metade das páginas havia sido eliminada (das mais de 180 originais, restaram 100). Alcançar o *it* requer várias versões.

Mas o que levou Clarice a mudar seu texto, a romper com seu manuscrito inicial? O que a desviou de sua voz primeira? O que a fez enxugar seu texto?

Enredo-me com prazer na pesquisa de seu processo criativo e desejo brincar com o que Clarice propôs reduzir. Viajo ao Rio de Janeiro em busca de alguns restos de suas palavras. Visito seu acervo pessoal: atravesso uma pérgola cheia de parreiras, cruzo um belíssimo jardim de magnólias, lichias e paus-brasil e hospedo-me na sala de consultas de seu arquivo. Depois de um mergulho vertiginoso, regresso dali com folhas soltas de anotações.

"Grávida de milhares de faíscas de instantes" (p. 12).

"Algo está sempre por acontecer. O imprevisto fatal me fascina" (p. 29).

Na conversa com Germana, tentando comentar seu novo trabalho, Clarice já anunciava seu desvio: "não é conto, nem romance, nem biografia, nem tampouco livro de viagens. (...) Sabe, 'Objeto Gritante' é uma pessoa falando o tempo todo". Supunha que seu livro seria muito criticado por revelar em seu bojo intenções "anti-literárias". De fato, em seu manuscrito, há esta frase na capa: "Este é um anti-livro". Aprendo com Clarice como é inventar um *não*.

Percorrendo a entrevista, percebe-se que a *infans* de Clarice se exibe com muito mais luz nos livros do que em uma entrevista, convocada por um outro. "Eu sempre começo tudo como se fosse pelo meio".

No decorrer da entrevista, Clarice parece escapar das perguntas e correr em outras associações. "Você acha que eu estou gorda?" pergunta à jornalista. Germana se dá conta de que Clarice é o vento. Tenta segui-la, desviá-la, chamá-la, conduzi-la.

"Sabe, sou uma mulher simples e complexa ao mesmo tempo". Sorrio: escuto a criança tentando afastar o adulto e suas perguntas enquadrantes.

Clarice, mulher obstinada, fez de sua fragilidade, um talento. De seu espanto, um ofício. De sua perplexidade, um estilo. Sempre que leio suas obras entro em um estado de estupor.

6. *Boulder, agosto de 1973*

Pouco antes de iniciar um internato, uma adolescente recebe de presente de seu pai, pintor e fotógrafo, uma câmara Yashica, que já havia sido usada por ele, mas agora estava encostada havia algum tempo. O que se segue a partir daí é um ávido e crescente interesse pela fotografia, pela técnica e por experimentos que tomam o próprio corpo como objeto evanescente.

Quatro anos depois, em 1977, Francesca Woodman (apresentava-se com uma pronúncia lenta: *Frannn — cessss — cahhh*) encontra-se em Roma cursando um ano de intercâmbio pela *Rhode Island School of Design*. De cabelos loiros, olhos castanhos e voz infantil, costumava usar no frio europeu um sobretudo negro que destacava sua pele clara. Seus amigos diziam que tinha um jeito flertante com todos. Ao mesmo tempo, parecia muito sensível e exposta, como se tivesse a pele do lado avesso.

Depois de frequentar suas aulas pela manhã, costumava passar as tardes na sua livraria predileta, *Maldoror*, próxima à Piazza Navona, que era frequentada por artistas e intelectuais locais.

Em uma de suas primeiras visitas à livraria, entrega ao proprietário, Giuseppe Casetti, uma caixa cinza com uma fotografia sua. Casetti então convida Francesca para uma exposição local e daí em diante se tornam amigos.

A *Libreria Maldoror* era famosa por seu acervo de raridades sobre literatura gótica, livros de arte em geral e, principalmente, revistas e obras surrealistas. Francesca buscava referências para a construção de seu trabalho enquanto cursava sua formação. Dirá em uma entrevista realizada em 1979: "Gostaria que as palavras tivessem o mesmo tipo de relação com minhas imagens que as fotografias têm com o texto no livro 'Nadja', de Breton".

Os siderados se recrutam.

~

Ao fim de seu intercâmbio, Francesca retorna aos Estados Unidos. As fotos que produziu, tanto em Roma quanto em

Nova York, exploram principalmente o corpo feminino borrado em fotos geralmente tiradas com baixa velocidade. É um corpo sempre esquivo, não inteiramente visível, pouco nítido. Há algo de surpresa em cada imagem, uma obscura pantomima. São fotos que chamam os olhos a percorrer a cena e a ultrapassar o que o registro permite ver. É difícil transmitir com palavras a sensação de silêncio e de prazer que se condensam em suas fotos. A mim, me excita. A mim, me recruta.

Poucos anos depois de nascer, poucos anos depois de estudar em Roma, poucos anos depois de produzir uma obra, em janeiro de 1981, Francesca se arremessa da janela de seu loft em Nova York. Foi a segunda e derradeira tentativa de suicídio. O lançamento de seu primeiro livro "Some Disordered Interior Geometries" havia ocorrido apenas poucos dias antes.

～

Há uma abundância de interpretações sobre sua obra. É como se seu trabalho a colocasse em um estado de hemorragia. Há um excesso que conduz à obra.

Woodman: "a teoria por detrás de uma obra é importante mas, para mim, é sempre secundária à satisfação dos olhos".

Aqui, me lembro de Quignard: "Toda imagem atende a uma fome".

O olho: uma boca faminta.

～

Uma vez exibida, a obra *cai* do artista e a leitura produzida o ultrapassa. Os mais íntimos de Francesca se mostram sempre surpresos com as leituras dramáticas que fazem de suas fotos à luz de seu suicídio. Tal leitura contrasta com a imagem de moça doce e bem-humorada que interagia com todos.

No entanto, a obra eclipsa qualquer pretensão de verdade a não ser aquela que deriva da ficção de quem a observa, a lê, a absorve, a devora. O gesto de Francesca permanecerá sem nome derradeiro.

Foucault: "a marca do autor está unicamente na singularidade da sua ausência". Produzir é consentir em um apagamento, mais ou menos temporário. Duras sabia disso. Clarice disse isso. Blanchot escreveu isso.

ᔐ

Francesca Woodman nasceu aos 13 anos, quando encontrou seu reflexo siderado no visor de sua Yashica. Morreu aos 9 anos, pouco antes de completar seu 23º aniversário.

7. *Paris, 25 de outubro de 1977*

Durante todo o verão europeu, Henriette, 84 anos, padecera de uma doença respiratória. Vinha tendo episódios de desmaios e falta de ar cada vez mais frequentes. Seu filho, Roland, intelectual, professor, mal conseguia produzir neste período, já que prestava-lhe toda assistência. Na casa de verão da família, em Urt, de vez em quando aparava as flores no jardim, plantava alguns tomates, e logo retornava para os cuidados da mãe, com quem morava há 60 anos.

Em agosto, a situação se agrava a tal ponto que Henriette está pesando 43 quilos. O stress que sofre para ingerir qualquer alimento — sufocamento e dores para engolir — a leva a preferir não se alimentar.

Depois de dias de excessiva agonia e de prolongado sofrimento, no dia 25 de outubro morre Henriette Barthes. Já no dia seguinte à sua morte, Roland inaugura um diário onde escreverá, por quase dois anos, a dilaceração pungente que o tomou. Este projeto se transformará no livro "Diário de Luto".

Se, por um lado, Barthes se apresentava placidamente diante de seus colegas de trabalho, e em seu ambiente acadêmico, onde prosseguia estoicamente suas aulas, em seu diário podemos ver um estado de devastação do qual ele parece não se recuperar até sua morte, trágica e inusitada, três anos depois. Recupero seu diário e o levo para minha caverna:

- 17 de novembro de 1977: "Luto: região atroz onde não tenho mais medo".
- 18 de janeiro de 1978: "O Irremediável é, ao mesmo tempo, o que me dilacera e o que me contém".
- 23 de março de 1978: "Pressa que tenho de reencontrar a liberdade, de me dedicar ao livro sobre a Fotografia, isto é, de integrar minha tristeza a uma escrita. (...) A escrita transforma em mim as 'estases' do afeto, dialetiza as 'crises'"

Escrever permitia a Barthes enlaçar a dor de um desaparecimento e ao mesmo tempo encaminhar algo que engajava seu corpo à vida. Ainda produziria textos significativos durante estes meses de perplexidade: "O neutro", "A câmara clara" e "Preparação do romance". Era a escrita mobilizada pela perda.

Embora a parte mais robusta de suas obras tenha se produzido antes deste episódio (sua famosa "Aula", os "Fragmentos de um discurso amoroso", "Prazer do texto", "Como viver junto" ...), admiro a forma como Barthes enlaça seus estados de maior desamparo e extrai deles uma transmissão potente. Apesar de um aparente autocontrole que passa em sua escrita, consigo receber de Barthes um amor inspirador pela experiência de excesso e a perturbação que o leva a escrever.

Há algo em Barthes que não posso chamar de outro nome que não de elegância, uma relação com o irredutível da própria experiência e uma aposta em ofertá-la para algum tipo de ressonância junto ao outro.

8. *Paris, 28 de janeiro de 1983*

No dia anterior, Jacques Roubaud, poeta e matemático, havia terminado de preparar textos para seu laboratório de escrita OuLiPo (*Oficina de Literatura Potencial*). Voltara da universidade depois de ter tomado um café com outro colega poeta e jantara em casa com sua esposa, a fotógrafa Alix Cléo Roubaud, com quem desenvolvia um projeto inédito chamado "Quelque chose noir" (traduzido no Brasil como "Algo:preto"): ele contribuiria com poemas, ela com fotografias, ambos empenhados na experimentação de linguagens que enlaçassem imagem e palavra, no esforço de ruptura com gêneros tradicionais de expressão.

Jacques adormecera na sala do apartamento naquela noite. Às cinco horas e oito minutos da manhã da sexta-feira, ele se levanta, prepara um café na cozinha e fuma um cigarro. Caminha até o quarto do casal para buscar um agasalho sem acordar Alix.

Ao entrar no quarto, depara-se com sua parceira deitada na cama, o braço direito pendendo, imóvel, sangue espesso deslizava de seu rosto, percorria seu pescoço e escorria por seus braços; gotas pingavam no chão. Alix falecera ali mesmo, durante o sono, de uma embolia pulmonar, aos 31 anos.

É a cena que Jacques visitará diariamente, por dezenas de meses, e da qual ele falará em "Quelque chose noir", projeto que publicou sozinho após a morte de Alix.

Acompanho as fotografias mais famosas de Alix, tiradas durante uma de suas crises de asma que lhe faziam ficar recolhida em seu apartamento em Paris. Algo pulsa em suas fotos. Algo pulsa em meus olhos.

É sufocante ler o livro de poemas de Jacques Roubaud, como se estivesse preso em uma fotografia por meses infinitos: a fotografia da esposa morta na casa onde habitaram. A interrupção abrupta de uma vida a dois.

Jacques Roubaud define a imagem como "a mudança em mim, induzida por um objeto, por alguma coisa do mundo". Decorre disso que a imagem é interior, ela está em mim. A imagem é uma *mudança*. Que esplendorosa definição!

Há uma febre produtiva no casal que me produz comoção. Há uma tentativa de registrar esta potência, de tê-la por perto, continuamente.

Busco o diário de Alix Cléo e recolho notas de seu projeto. Entre crises de asma, garrafas de vodka e ideias suicidas, escreveu em 3 de fevereiro de 1980:

"Fazer dançar o singular, repeti-lo, fazê-lo girar sobre si mesmo, rodar, mover-se, cantar, fazê-lo cantar. Repetir o singular e fazê-lo cantar".

Fazer dançar e cantar o singular. É a este exaustivo e potente imperativo que todos estes homens e mulheres que leio e que reconheço estão assujeitados.

9. *Paris, 26 de abril de 1994*

É primavera em Paris. Um homem de 45 anos, algo exausto, acaba de sair do museu do Louvre. Acelera seu passo ao passar pelos Jardins das Tulherias, contorna a esquina e encara a avenida. É um dia de sol, embora vente muito na cidade.

A água que cobre o Sena irradia uma brancura reluzente, produz um imenso contraste com o azul no céu límpido.

Pascal Quignard — que acompanho desde que o conheci em uma epígrafe — cruza a Pont Royal, passa em frente ao Hôtel de Villette e entra na Rue de Beaune. Caminha por três quadras, até chegar na sede da Gallimard, grupo editorial francês onde trabalha há 20 anos. Uma vez que atravessa a pesada porta de madeira e ingressa no escritório, anuncia à equipe editorial sua demissão de todas as atividades que exercia ali como prestigiado membro do comitê de leitura.

Junto a este desligamento, rompe também com as atividades musicais que exercia (como o Festival de Ópera Barroca de Versailles). Sua decisão dali em diante: dedicar-se exclusivamente à literatura.

Quignard: "Dizer que somos seres de linguagem, como fato social, é algo profundamente falso (...). Nós não somos seres falantes, nós nos tornamos. A linguagem é uma aquisição precária, que não está nem na origem nem mesmo no fim porque frequentemente a palavra erra e se perde antes mesmo que a vida termine".

Recorto seu salto: o abandono da ordem e da estabilidade rumo ao risco tremulante e vertiginoso do invisível. Há aí nesse gesto uma verdade que precisa ser escrita com a própria vida, com o próprio fracasso dos nomes herdados do outro.

~

Não sabia porque ligava estas cenas. Coleto estas e muitas outras por alguma associação misteriosa. Leio a posteriori: são encontros com a fratura. Dizem da palavra e da criação que secreta no desaparecimento. São nove fontes de onde brota a escrita. São nove banhos nas origens. São nove *antes* e *depois*. Ou melhor: são nove *depois* e *antes*. Meus *biografemas*.

Barbara Cassin: "A origem é uma ficção estratégica".

Visito os desaparecidos. Solidarizo-me com um grupo de exilados. Leio-me fascinado pela interrupção de uma possibilidade e a abertura de outra. Encantado pela vertigem do acidente que impele ao desvio: o sujeito se revela aí, em um finíssimo gesto.

Aqui há um lume intenso: sou convocado por estes momentos a ver o inédito sendo recebido em histórias de surpresa, de susto, de perda, de loucura, de invenção, de obras.

Encontrar a descontinuidade. A barra. O rasgo.

O hífen do *fort-da*. O espanto fundante.

~

Suponho que, por detrás de minha novela particular, no final das contas, desejo ver o desamparo do outro (um desamparo específico, reconheço) como consolo ao meu próprio desamparo. Como se me visse de fora: o outro como essa parte de mim mesmo. Como se buscasse ver o outro cair para mostrar-me novas formas de responder à queda. Aprendo com a queda do outro. *Como cairá? Como cairei?*

Agamben: "Ética não é a vida que simplesmente se submete à lei moral, mas a que aceita, irrevogavelmente e sem reservas, pôr-se em jogo nos seus gestos"

Pesquiso aqueles cujo gesto se escreve por um triz.

É M. estes 5 *shillings* imaginários em troca de uma martelada imaginária? É M. ali, como *alma errante*, no obturador de uma câmera Yashica, nessa câmera clara, dentro de um peito asmático em busca de ar? É M. este anti-livro repentinamente desviado, objeto urgente, este corpo de criança invadido por uma fotografia absoluta, é ela na mira de uma metralhadora em um dia de Sol misericordioso, na escrita do outrora no porvir?

É você, M.?

Dentre tantas ofertas, dentre tantos encontros, por que foi M. especificamente que me tocou? Que traço ou quais traços permitiram tamanho contágio?

Alguns encontros rompem com nossos arranjos. Desmancham acordos, derretem convicções, subvertem valores.

Alguém poderia dizer que seria preciso uma predisposição em nós para que um encontro produza tal impacto. Ainda que concorde com essa disposição íntima, não é disso que se trata.

Há corpos mais ou menos vulneráveis ao inesperado. Mas qual desejo sustentaria essa vulnerabilidade, esta abertura?

Há em mim uma paixão por *alguns* acasos. E não posso dizer que se trataria de *saber* de antemão quais acasos são esses. Seria a antítese da leitura que tento escrever.

Existem promessas de beleza que só são reconhecíveis por uma parte alheia ao meu domínio. Há belezas que fazem apelo a outra parte em mim e me incitam para além de meus planos. Uma parte que talvez só responda, só advenha, quando, *e se* for convocada.

Ao invés do domínio de si, da plenitude, da temperança, do engodo do autoconhecimento, permitir alguma abertura ao alhures, ao lugar daquilo que ainda não tem palavra, do que não cessa de iniciar, de desordenar, de chegar desde fora.

Chegar no ponto de celebração e da partilha das faltas mais radicais.

Batizar minha palavra.

Há joelhos derretidos por uma bolsa de água fervente. Há uma doença incurável derivada do silêncio de um desejo. Há seios carnudos escapando de um vestido em um jardim. Há dois pássaros curiosos na janela pela manhã. Há um homem escondido em plena multidão de um parque. Há uma mala escondida no armário do escritório. Há uma música portuguesa que não me deixa trabalhar, tão viva é a imagem evocada da ausência recente.

Falar de M. é produzir uma subtração indefinida.

Dialética insuperável:

1. No desconhecido, viver um brilho que já vivi.
2. Em algum ponto de minha miragem familiar, ver brotar a luz de algo único.

Escrever aqui é tentar franquear um arranjo entre memória e desconhecimento, entre o acidente e meus restos de identidade.

A escrita: signo da descontinuidade.

Estas frases-telha tentam construir um abrigo que dê sustentação e contorno a um espaço onde uma cena espessa aconteceu. Ali, uma grossa fratura se fez, a qual não pude nomear com justeza. Atribuí valor a este instante, simplesmente pelo efeito de susto e de intensidade onde ele não era esperado.

Pego palavras com as mãos, monto e desmonto frases e memórias como um exercício incerto e, no entanto, convicto. Erro com obstinação. Muito vibra em mim ao fazer isso.

As frases que sobrevivem a este esforço habitam uma região de vizinhança, velam o fato de que não há acesso possível ao momento passado.

Pouco a pouco algumas imagens reencontram sua dignidade. No entanto, há uma imagem que chega mais perto que as demais deste centro pulsante e desabitado.

É um punho.

Um punho.

Um punho de ninguém.

Nas ruínas de um corpo, há um punho que circunda meu susto.

⤸

Quantas palavras são necessárias para recriar este efeito de sideração? Com que palavras se diz um desastre amoroso?

Ainda não contei o desastre. Não é possível. Basta saber que é ele que me traz aqui e é para sobreviver a ele que escrevo.

⤸

Um punho, uma xícara, um figo, um Sol, um livro. Tocar no resto que a metáfora falha em envolver. Aquilo de que o poema é resto.

⤸

M. jamais falaria sobre isso. Provavelmente sorriria de minha pretensão. Algumas vezes ria de meus esforços de nomeação.

Dizia com uma voz algo curiosa e cheia de humor: "Deve ser dificílimo ser um homem".

Um homem: aquele que constrói um sentido e se agarra a ele.

∽

M. está imersa nisso a que tento dar palavra. Silenciou quando a interpelei para que dissesse algo a este respeito. M. não interpreta, não ordena, não formaliza, não se desculpa, simplesmente passa. M. é a bárbara que às vezes me esforço por ser.

É uma bárbara que come um suculento bife malpassado na minha frente enquanto chora a perda de sua vida anterior.

Complemento à definição de homem: aquele que prefere a surdez — isto é, a linguagem comum — ao furo do sentido.

Um homem constrói obstinadamente sua morada cobrindo a ferida que se aloja por detrás de seus ouvidos, por detrás de sua retina... Mas falha.

Paradoxo à definição de homem: aquele cujo desejo palpita por aquela que escapa aos seus sentidos. Este canto vibra no desvio, na curva, diante da *outra*.

Leda Cartum: "A epígrafe é o passado de um texto. Situada no seu ponto de partida, é a terra que o texto deixa e que avista de longe; [...] a epígrafe emerge lá do fundo, do meio da conversa noturna entre quem lê e quem escreve, e mostra que foi daí que o texto surgiu: desse encontro com os mortos e vivos que passeiam quietos por entre as linhas, respondendo por baixo da página àquilo que o texto ainda não perguntou".

Enfeito o espaço de silêncio onde me situo na companhia de estranhos familiares. Meus olhos são como um ímã, uma tesoura, uma garra: eles *sabem* o que os chama.

Estas epígrafes falam com quem, em mim, não fala. Assumo esta dívida invisível. Cabe a mim ler depois o que isto pode dizer.

~

Ao buscar a palavra do outro, torno-a minha. Refazer o circuito amoroso: comer o outro, falar o outro, perder-me do outro, habitar o outro. Outralizar-me. Outrificar-me.

Nesta busca, sinto um calor, um cheiro, um sabor, um vestígio próximo, não sei identificar o quê. Este livro é a apreensão deste desnorteamento. É uma fera faminta que fareja imagens com as patas, com as antenas, com os pelos, com as unhas. Tento ser fiel ao bárbaro que habita em mim. Ele *sabe* algo.

Escrever escuta isto.

Quatro incisões para um silêncio:

Bataille: "A *literatura é o impossível*".
Barthes: "*O texto é o insustentável*".
Blanchot: "*Escrever é o interminável*".
Quignard: "A *literatura está vinculada ao irreconhecimento*".

Quem ousará habitar aí?

∽

A partir do momento em que me propus a formatar este livro, ele se desfigurou. É M. habitando o verso. É M. dizendo que prefere estar nua. É M., o vento.

Quando convocado a mostrar consistência, este livro se dissipa, sombra sem corpo. Só oferece abrigo na medida em que se extravia do já estabelecido.

Este livro não oferece descanso.

∽

Trata-se de saber-se tocado, deliciado por um prazer sinistro, velado, que escapa. Talvez seja sofrimento o fato de não saber nomear de que se goza. Esta delícia para sempre muda. Talvez seja tratamento prescindir de um nome final e, ainda assim, acomodar o resto disso à vida. Um prazer só meu. Insondável. Insensato. Intransmissível.

Uma vida: passar de livro — isto é, de texto — a leitor. Passar daquele que foi escrito pelo outro, a continuar o livro estranho e insistente que brota em cada um. Ao poder ler, ocupar outra voz no escrito.

M. acorda. Sussurra palavras na cama e só escuto seu sotaque, esvaziado de qualquer conteúdo. Teve uma noite de sonhos agitados.

Ficaremos na cama por quatro horas conversando, antes de um de nós aceitar preparar o café-da-manhã.

∽

Qual de nós levantou-se para esquentar a água naquela manhã de outono?

Qual de nós colocou primeiro a mão no sexo do outro, sorrateiramente por debaixo da coberta?

Qual de nós chegou primeiro às profundezas do abismo onde o corpo desfaleceu em convulsão?

Qual de nós se exauriu primeiro e buscou a firmeza do chão?

∽

De nossos múltiplos e inspirados diálogos, me lembro apenas de poucos recortes. As marcas deste encontro estão gravadas em um lugar mudo. Cada frase me custa um obstinado mergulho em cenas que resistem às formas.

∽

É possível *amar* o que digo?

∽

Este lugar é a caverna sagrada onde recupero e estendo à luz as partes do discurso que colhi com M., para que sequem um pouco. É o processo de cura, como a cura de um queijo lentamente guardado no escuro e no silêncio.

Gostaria que ler este livro fosse como desembrulhar este queijo e receber a explosão de seu sabor, seu perfume, sua textura. Como experimentar um sabor pela primeira vez.

Queria ter continuado lendo ao lado de M. Lutei para preservar o campo que cultivamos como parceiros. Após um giro mudo e profundo, fiquei esperando o livro se abrir novamente.

Quanto tempo se espera até dizer do que não volta? Quanto tempo se espera até abandonar a esperança? Quanto tempo se espera até sair daí?

Para escapar dessa condição tantalizante, passei a caminhar. Para fugir da desaparição, passei a caminhar. Renunciei a um arranjo que me era muito caro. Algumas coisas só podem ser ouvidas com vagar. Depois de algum tempo — feito de violência, derrelição e absurdo —, o texto fala sozinho. Ele fala quando faço silêncio.

Este livro, destino para uma espera exasperante, foi escrito em 870 Km, enquanto minhas pernas perambularam pelas ruas de diversas cidades.

Este texto ocupa o lugar de um pedaço perdido de corpo. 24 kg desapareceram. Caminharam-se. Viraram silêncio. Viraram segredo. Viraram saudade.

Mais da metade deste livro foi escrita na rua. É que minha letra só se diz caminhando. Só se diz deixando um lugar. Só se diz na profunda perplexidade da perda de referências.

Um pedaço do meu corpo vem imaterializar-se em palavras.

❧

Caminhar: Des-esperar: Des-aparecer.
Ser o vento.
Escrevento.

Há cerca de quatro semanas, M. me chamou, depois de alguns meses sem nos falarmos. Tem a qualidade mágica de me procurar sem dizer nada. Quer me pôr a falar e se apresenta novamente de remanso, solicitando meu discurso.

M. não sabe como vivo depois deste desaparecimento. Talvez ainda me busque quando quer dizer algo que não sabe nomear. Vem e me convida novamente a subtrações. Em resposta a ela, visto-me em trajes taciturnos. As palavras me escapam, e ainda assim me sento no jardim impressionista. Já me pareço com ela?

Está perfumada de *pequeñas tinieblas*, como se não fosse desse mundo. A sereia no rochedo, cujo canto não diz nada específico, mas chama. Canta como uma recusa.

Os meninos que fui tantas vezes se fizeram aí, tentando dar voz e nome a este canto. Teimando em dar sentidos ao feminino. Acabaram trancafiados em uma série de cenas que seguem vivas. Fosse em outros tempos, eu produziria uma enxurrada de ordenamentos. Engordaria todas as lacunas com possibilidades e esperança. Hoje, aceito me virar com estes restos desconexos de verdades inacabadas.

M. não diz muito. Diz que vive *na medida do possível* e que sente falta de me ler.

"Amo l_er-te", me dizia em outros tempos.

Para cada momento fulgurante vivido, há um homem que consentiu ficar ali petrificado, ligado à cena tocante. Persevero no esforço de conciliar as novas construções e ao mesmo tempo manter vivas estas cenas cintilantes, deixo-as colher o ar fresco da manhã e sorver um gole do chá de hortelã na minha frente antes de tomarem a palavra em mim.

∽

Há um homem ainda em uma sala de cinema em chamas, naquela sala de triagem kafkiana, naquela cama labiríntica.

Há um homem ainda em um hotel clandestino onde, depois de oito horas de viagem, abriu uma garrafa de vinho e acendeu doze velas para receber uma mulher.

Há um homem ainda dormindo com o *Skype* ligado, ainda sob aquelas cobertas, naquele quarto com paredes encharcadas de nossos vapores.

Ainda há um homem lá, ao piano, dedilhando Luigi Tenco com a violonista romana. Ainda está se afogando na piscina. Ainda olha a janela de vidro, ainda olha o precipício onde suas questões se perfilam.

Ainda há um homem deitado sob uma jardineira tímida, inundada de suor, que profere graves ofensas enquanto monta sobre ele.

Ainda há um rapaz com um fone de ouvido e sobretudo preto, fazendo mochilão pelas ruas de Londres, espiando *peep shows* em Viena, entrando nos bordeis de Buenos Aires, dando ouvidos à cigana chilena, à advogada baiana.

Ainda caminha nas avenidas sem fim da Cidade do México, buscando ver, ouvir, ler o que dizem as mulheres. Ainda pedala e flerta com as poetisas lisboetas, cozinha com uma cantora comunista. Ainda busca tréguas e guerras com o feminino. Continua lá, a faísca no olhar dos medusados, tentando responder ao impossível de estabilizar. Levo junto os homens que hesitaram diante da vacilação de palavras. Que careceram de dignidade para ir além da mudez ferida.

Carrego comigo cada um destes perdidos, perplexos, fiéis a algo difícil de nomear. À *infantia* pago este tributo lírico. Sou um templo onde os fantasmas que testemunharam uma explosão respiram sua incessante dissolução e ressurreição.

Conservar uma imagem do passado, assegurar algum calor delirante para si.

Quanto da vida que pulsa em nós é apenas o eco da relevância insensata de cenas que nos escapam?

Não estamos, todos, mais ou menos presos nestes quartos, assujeitados a algo indizível que quer ligar e desligar?

~

Blanchot: "Pelo escritor, a obra chega, mas ele próprio pertence a um tempo em que reina a indecisão do recomeço".

Em algum lugar em mim, o tempo não passa. Dedico este tempo a narrar estas partes presas, a hospedar devastados e a cultivá-los junto à vida. Ainda guardo um lugar para os meninos menos advertidos de outros tempos: aqueles que esperavam uma reparação, uma *reaparição*, um bom ouvido, ainda esperavam um outro que lhes reconhecessem em suas perdas. Ainda petrificados diante da queda do espelho. Congelados diante da divisão. Buscando um rosto para sua ausência, um nome para seu furo.

São os meninos que apavoram uma menina que sonha em ser uma mulher.

Não seria amor quando o menino e a menina que se escondem nos corpos adultos deixam de causar horror com a fissura de seus personagens e são acolhidos na cena?

❧

Este livro é um ato de ternura para com o limite de todos estes personagens. O fracasso destes *eus*. É uma trégua no lugar da tentativa de apagamento. Um consentimento no lugar da superação. Não quero *superar* este fracasso. Quero banhar-me inteiro nele. Ponto revisitado, reconhecido, reinventado, contagiado.

É o lugar desde onde faço canto do meu grito. Desde onde transgrido e me submeto. Desde onde cedo e desde onde tomo algo para mim. Desde onde chamo o assombro para que reexista como obra, como gesto. Desde onde quero e não quero saber algo disso.

❧

Uma cena prosaica a outros, um laço de palavras inócuas, em mim produz uma fundação. Uma cena imprevista, acidental, gratuita: leio nela ainda um valor de metáfora decisivo.

❧

A cena incandescente que vibra em nós é inenarrável. Sempre nos enamoramos das promessas de chegar ao seu centro e abrandar sua chama.

Não há suporte consistente, não há a imagem refletida que faça justiça em dizer de nós e do que vivemos. Não há nenhum nome escrito à espera de ti.

Nascer é descobrir que, ali onde nosso corpo recebeu suas marcas fundadoras, ali onde nossa erotização nos iluminou, estas marcas não são idênticas às de ninguém. Fizeram-se por acaso, sem o controle intencional de ninguém, nem nosso. Estamos sós nas marcas que nos incitam a pulsar na vida. Ninguém jamais saberá destas marcas.

Falar é declarar-se desamparado de voz e nome *aí*.

Francis Bacon: "Toda pintura é um acidente. Mas também não é um acidente, porque é preciso selecionar qual parte do acidente queremos preservar".

⁓

Há algo de subversivo que se inocula em cada frase que brota aqui. É um esforço por atenuar a traição do discurso comum. Na fresta deste ordenamento, as palavras pegam fogo, há ruínas recém-bombardeadas, há cheiro de sexo, de ódio, há sangue fervendo, há o suor frio do medo da loucura. Há ressentimento, riso, violência e angústia. Há silêncio, entre respeito e revolta para com o invisível.

⁓

Se há milagre, ele reside no encontro com um outro que possa ouvir nossa palavra na medida mesma de sua incompreensão. É a incompreensão e o espaço que ela abre para além do sentido que pode ressoar no outro. Suportar a incompreensão pode fazer algo durar um pouco mais. Um dos nomes do amor.

M. não refletia minha busca de amor. Nunca refletiu. Mesmo quando dizia que me amava.

Em algumas ocasiões, escutava minha palavra dividida, anacrônica, descarrilada, e tentava remetê-la de volta ao seu emissor. Ouvi algumas — ouço até agora — e recusei tantas outras.

Amava a abertura, a surpresa, a confiança de que a fala de M. perturbaria minha visão. Amava sentir que suas palavras me reposicionavam de forma sensual. É uma verdade que se diz. Ela mostra algo que não sou eu. Não é eu, mas quero estar aí. Estou *aí*: fora de mim.

Adorava muitas das tensões entre nós. No entanto, um gesto de M. foi desaparecendo durante o encontro. Algo fundamental e invisível. Outro silêncio se impôs. M. não pôde ou não quis dizer por quê. E não pude encontrar nenhum nome para habitar aí.

∽

A seu gesto, tentei dar mil nomes, até que pude dar-lhe nome nenhum, qualquer um: diversos pedacinhos de uma frase que não se conclui.

Este saber de um *impossível saber* talvez seja mais útil que o saber de compreender algo sobre tal evento. Saber-produzir um saber sem-nome, louco, astuto, provisório: um saber que abdica da palavra explicadora. Um saber-caminhar por ruínas. Um saber-atravessar o desastre. Saber caminhar e saber se deter: às vezes algo consegue durar.

Quignard: "Se quiseres atravessar o mar, naufragas."

Produzo um sonho: nele, M. dirige um carro enquanto me faz um convite para um passeio. Seu tom é de uma incômoda indiferença. Digo que não há passeio possível e ela ri; uma sonora gargalhada.

Uma raiva imensa me toma nesse riso e enforco M. com força. Quero apertar-lhe o pescoço até sentir um caroço. Quero fazer M. gritar.

A série associativa parece uma música:

Caroço > grão > cratera > grito > magro > livro.

Procuro um grito que só posso encontrar no silêncio de um livro.

Consegui uma única vez fazer M. gritar. Apertei o caroço de M. com um gesto. Toquei em sua vergonha. Até hoje tento ler o que me tomou naquela cena.

M. salvou as coisas que lhe eram imprescindíveis. Salvei as minhas. Salvamos nossos truques, velamos nosso insuportável, recorremos ao grilhão possível a cada um.

Na hora de se desnudar, M. puxou de volta um pano que cobria o preço impagável.

"O horror", ela me disse depois sobre este gesto.

Fiz seu silêncio vacilar. Toquei nos limites onde M. precisou salvar os nomes, isto é, salvar o corpo, isto é, salvar os nomes.

Quem ainda pode escutar uma sereia, esses seres que habitavam a península sorrentina, no sul da Itália? Pergunta mais interessante: quem *deve* escutar uma sereia?

Os que se atreveram a chegar perto demais pereceram. Os argonautas que a atravessaram, protegeram-se com ceras nos ouvidos e, portanto, nada ouviram. Ulisses, amarrado ao mastro, nada de notável disse de seu teor. Butes, figura desconhecida de Homero, mas celebrado em Apolônio de Rodes e em Quignard, foi o único a saltar no mar. Esta saga, no entanto, ainda pertence às bases fundamentais da literatura ocidental.

Sobre este canto conjuratório, promessa daquilo que falta à palavra, recolho o que dele disseram: produção insituável entre o canto, a voz áfona, o som disforme, encantador na mesma medida em que insinua um gozo absoluto, suposto capaz de abolir as interdições impostas pela língua, pela cidade, pelo homem. Canto siderante, desviante, mortífero.

No que me interessa nesta história, há algo de não escolha: ouvir o canto das sereias não deixa escolha, é algo que simplesmente *toma* o sujeito. Apaga o arbítrio, fratura os cuidados. É um apelo imperativo. Não se trata, portanto, de ceder ou não ceder, já que, uma vez escutado, qualquer um cede. A questão é: quem escuta? Que tipo de corpo pode ouvir este apelo? Este apelo da *infantia*? Não é qualquer corpo.

Talvez se trate de ser *chamado*: quem se expõe a ser chamado? É preciso um certo corpo para ser chamado. É preciso uma reabertura à vulnerabilidade para ser chamado pela sereia.

Desejo de saber, desejo de ouvir, desejo de prazer, são nomes ilustrativos e provisórios que marcariam uma condição estrutural: a nostalgia e a propriedade hipnotizável de cada um a escutar o apelo de tornar a ligar o que se apresenta fraturado.

Escuta a sereia quem é habitado por essa disposição. Caberia acrescentar: aquele cuja lei mortificante não penetrou forte o bastante para ensurdecê-lo ao canto da *infantia*. Um resto de bárbaro em cada um.

Quignard diz algo semelhante sobre o apelo encantatório e perigoso que emana de um livro (já que um livro é uma sereia): "Aqueles que são frágeis ou que querem a todo custo saber para onde estão indo, não leiam!"

❧

Escrevo porque sou hipnotizável. E porque sou des-hipnotizável. Escrevo porque escuto sereias. Escuto a sereia que habita a linguagem, como seu resto subversivo. Escrevo para acalmar essas vozes ao traduzi-las. Escrevo para também encarná-las.

❧

Proponho uma dedução para situar este ponto radical: se alguém não escuta o canto da sereia, é porque renunciou a habitar a linguagem com seu corpo. Jamais retirou a cera solicitada pelo mestre.

❧

Ter voz própria é sempre habitar o estarrecimento de não ter os nomes que faltam. O si não tem voz, a não ser aquela que pode brotar na perplexidade de não conseguir chegar a si.

O si só surge como exilado.

~

Um desejo de alguma coisa sem nome. As sereias prometem dizê-lo. Ou são os homens que lhe imputam esta promessa.

Quando M. me contata, mesmo após tanto tempo sem nos falarmos, sua voz me toma de assalto e um fogo passa a queimar em mim. Queima a garganta, queima a face, queima o oco do estômago. Há meses não ouvia sua voz. Queima o peito, queima a língua...
 Para mim, essa bola de fogo é mais importante que a palavra.
 A palavra poética deve lembrar da bola de fogo de onde veio.
 A bola de fogo quer queimar e sair.
 Aprendi a arder: segurar um pouco no peito o que quer sair.
 Só escreve quem aprende a arder.
 Fazer arder a palavra. Sou fiel a esse fogo.

∽

 M. me dizia que às vezes minhas palavras a faziam arder. Algumas frases suas ainda ardem em mim. Desconheço de onde brota a labareda que me toma. Depois que encontrei M. e li as coisas que li, nunca mais esta chama se apaziguou.

∽

 Por outro lado, o outro que nos alimenta, que nos compreende, que se entrança com nosso corpo e sustenta um pouco nosso reflexo ilusório, abranda-nos e tira a brasa da palavra. Alívio imprescindível.

Para arder há que se ter descanso.

∽

Caminhei por centenas de quilômetros, como um maratonista que só se importa com o transporte da tocha. O que mantém a chama acesa é essa distância. Esta lacuna. Este mal-entendido. Esta ficção que ocupa o lugar de mito.

∽

Descolar M. do suporte que a encarnava. Rearranjar minha língua para acomodar essa nova letra. Uns chamam de contingência. Chamei de desastre. Chamei de milagre.

Tento esvaziar um pouco sua presença excessiva. Ao mesmo tempo, quero guardar algo dessa febre, da brutalidade desta matéria. Quero produzir uma disjunção. Separar ponto A e ponto B.

Eu estava por perto quando M. vislumbrou sua abertura. Ocupei o lugar de uma chave que abriu algo nela. Estava por perto quando M. abriu sua boca e falou. O que ouvi mudou minha leitura de M.

M. precisou mudar sua vida por ter falado, por ter roubado espaço ao silêncio.

Falar pode nos levar a rearranjar toda a vida.

Fui o barqueiro da palavra de M. Atravessou-se de uma posição a outra.

Ao ler estas linhas, pode-se ter a impressão de que conheço M. Nada poderia estar mais equivocado. Desconheço M. profundamente. Narro apenas a perplexidade produzida e a constatação de que M. é um golpe através do qual eu consinto em deixar jorrar em mim uma língua estrangeira. M. me faz falar uma *outra* língua: neste susto, só posso chamar essa língua de minha.

M. é a mulher que me fez falar. M. é a mulher que fala em mim.

Há um repertório. Há um medo. Há essa voz que brota no meio de um silêncio amistoso. Há uma fúria com que o sexo pulsa depois de longo autossacrifício. Há uma homenagem insabida ao pai. Há uma menina convidada cedo demais a ir nadar até o fundo de uma piscina. Há um menino convidado a guardar silêncio em feriado religioso. Há um cão perdido na avenida. Há um rapaz entregando seu dinheiro a uma cigana.

≈

Raspo as letras, raspo as imagens, raspo as cores. Descamo e atravesso as imagens. Um silêncio estranho reluz sobre a paisagem.

Duras: "é apenas da falta, dos buracos que são escavados em uma cadeia de significados, dos vazios que algo pode nascer".

Potência que vem de uma fenda, onde projeto a resposta que jamais existiu. Onde forjo uma pergunta que me excite. Onde fantasio poder fazê-la me visitar em minha cama.

Há uma dedicatória prometida jamais escrita. Há um mendigo em chamas buscando um abraço. Há um assaltante que me convida para sua própria casa. Há uma escada em que se desce para cima. Há um copo de cerâmica cor vermelha, sem nenhum outro igual no mundo. Há uma manga suculenta escorrendo de uma boca polpuda.
  Há um coração pulsante que não deixa uma criança dormir. Há um menino preocupado com a vida eterna e a finitude. Há uma denúncia aos privilégios gordos que o Eu não cessa de pedir. Há uma árvore que sangra. Dois gestos estranhos afirmaram-se enquanto desconheciam a verdade que emanava deles.

~

  O sujeito que redige o texto desconhece onde vai chegar. Ele apenas consente um certo tipo de escrita destitutiva.

~

  Ler: só depois do desmanchamento, do esgarçamento, do abandono das telhas do sentido.
  Só lê aquele que desapareceu.

~

  Este livro possui algumas portas de entrada, deixadas aleatoriamente pelo caminho. É pela curiosidade do que não está ali que qualquer leitura se faz e é aí que algo resta como impossível de ser lido.

❧

Maria Gabriela Llansol chama de *autobiografia de um legente* o esforço de coletar aquilo que não se escreveu em um livro: "Colher a flor que falta para que se acalme a perturbação". Na fonte desse livro, há um "partilhar a dor do sentido que afloresce e se desvanece". De Llansol me aproximo mais lentamente que dos demais autores que cito.

Legente: aquele que, em relação ao texto, "não o tome nem por ficção, nem por verdade, mas por caminho transitável".

Um leitor: aquele que suporta caminhar sem saber. Um extraviado.

Um amante: idem.

Blanchot: "A leitura é ignorante. Ela começa com o que se lê e descobre, por causa disso, a força de um começo".

❧

Jean-Bertrand Pontalis fecha seu livro *Amor dos Começos* com esta expressão que tomo de empréstimo: "infans scriptor". Dirá em uma entrevista: "A leitura é um des-paisamento, saímos de nosso próprio país, de nossa própria terra, deixamos nosso código social, nos exilamos".

Entregar-se ao desvio de si mesmo para, só aí, reaparecer, separado do que leu.

Ler. L_er-te. Des-paisar-se.

❧

O *infans* é convidado a caminhar do grito e da música à palavra. Quero reabrir na palavra sua fonte.

Leitor: que traço sem palavra mobiliza tua busca? Em que susto desapareceste?

Toma, carrega esta vela e irradia tua palavra inédita!

Primavera: "não passo ilesa pelo imenso que oferece".
Verão: "nos seus braços, experimento o infinito".
Outono: "odeio quando você responde como homem".
Inverno: "você, para mim, é só um corpo".
Primavera: "essa é a vida, L.".

Às vezes sentia raiva de tanta leveza, da não adesão a nada, da deriva. Um corpo precisa de descanso. Precisa de ficções viáveis. Eu dizia a M. que o amor é um entrançamento viável entre invenção e descanso. Às vezes, era como se a palavra de M. se descolasse de seu corpo. Brilhava mais quanto mais parecia vapor etéreo. Há corpo que possa dizer as coisas que M. dizia? Onde vai parar esse corpo quando fala o que fala? Onde colocar sua fera faminta? Sua fera exausta? Sua fera odienta?

Queria ver M. no sexo. Vê-la em sua melancolia. Na sua euforia. Ouvi-la *xamânica*. Ouvi-la murmurando nada e fazendo-me falar qualquer coisa. Com o coração pequeno após o orgasmo. Vê-la mentindo para nós dois para salvar seu segredo. Oferecendo seus truques para burlar a fissura que se insinuava.

O olho devora. Queria ter dentes. É um órgão brutal e ruidoso. Procura, desnuda, inventa, devora, vocifera, saliva.

Dali onde cheguei, não se volta. Jamais voltei. Ainda estou *lá*.

Barthes: "Sempre fracassamos em falar do que amamos".

Abrir a boca achando que poderá falar de A, e consentir que o que se diga revele algo sobre B. Reconhecer-se em B. Reler-se em B.

Uma leitura desloca o corpo. Reforma-o.

Onde não houver despaisamento, não houve leitura. Houve consulta, houve hipnose.

Toda leitura dilata nosso corpo.

~

O corpo que iniciou esta longa leitura, que atravessou esta estranha escrita, já se desconhece. É um corpo estranho. Não para de nascer.

Perdoa esta beleza tão portentosa, enigma que urge e toma, ferve as dobras daquilo que te falta a ser, perdoa este tremor que abre as fendas que os dias convidam a aplacar, perdoa esta divisão insuturável, esperança imortal, desejo indestrutível, origem incandescente, ambiguidade salivante, promessa do beijo Todo, perdoa este apassivamento tão doído que devolve nossa própria promessa e lembra que o encanto é salvação contra a louca deriva, perdoa nossa errância, este atravessamento que arranha a carne sem trégua e brinca com cada protuberância que raspa o céu estrelado da tua boca falante, perdoa esta potência que irradia e sidera, que te fala e te escapa, que te exaure e te ludibria, que te goza, perdoa este incurável que caminha e acaricia teu corpo como um dente-de-leão, como furacão, perdoa esta força que não enxerga nem espera. Comovente heterosfera. Perdoa esta letra ondeante. Perdoa e saboreia.

Faço-me hoje o destinatário de um saber que um dia veiculei a M. e que novamente devo readquirir. O perdão ou o riso diante do real. Uma vez mais. E outra. E outra.

Há um outro de mim que revisita este texto, suprime passagens, acrescenta outras, inverte capítulos, enxuga palavras, dissimula algo aqui e ali.
    Este que edita *sabe* de coisas diferentes daquele que escreve. É o que tenta me sustentar em um vulnerável laço com o outro. Também não sou redutível a isso.

Meu delírio sexual: que minhas palavras produzam sismos.
    O impossível sexual (de ninguém, de todos): que eu jamais sinta o sismo do outro. Só posso aluciná-lo e desejar tocá-lo.

Saul Leiter: "Minhas fotos têm a intenção de produzir cócegas na sua orelha esquerda, bem suavemente". [Diz isso e explode em um divertido sorriso.]

Há uma mulher com um suco melado escorrendo entre as pernas antes de me ver. Ele não escorre por "mim" (recupero as aspas). Ainda não me viu. Ele escorre por seu outro, que eu encarno com meu sexo. "Eu" lhe evoca aquilo que, poucas vezes na vida, faz isso inchar como se fosse a primeira vez. Permito a M. acessar algo para além de si mesma.

M. teve um Sol nascendo entre as pernas.

⁓

É preciso abrir espaço em torno da última frase. A imagem que evoca requer um intervalo.

Deleuze: "Do que viu e ouviu, o escritor regressa com os olhos vermelhos, com os tímpanos perfurados".

⁓

M. no verão: "onde você chega, ninguém foi".
Fura-me.
M. no inverno: "tenho vergonha de ler o que te escrevi. Aquilo era uma adolescente que não existe mais".
Fura-me duas vezes.
M.: obstinada crisálida.

⁓

Amar alguém é adorar sua potência de alusão.

Por um lado, este livro pode ser lido como um simples gráfico, uma linha de ressonância daquilo que pulsa, que fremita em um dado corpo: um *fremitógrafo*.

Fazer este gráfico *operar* novamente. Não necessariamente *registrar*, não necessariamente *ser ouvido*, não necessariamente *produzir compreensão*, antes produzir ressonância, causar inchaço, descarga. Uma escrita tumefaciente e desfalecente. Fazer arder, fazer falar. Fazer cair. Fazer ler. Fecundar. Fazer um pedaço de vida. Só o cego em chamas que habita em mim sabe fazê-lo.

Reabrir a fenda por onde novas palavras se deslocam. Refundar um mundo. E outro. Avistar o centro que descentra. Encharcar as paredes de vapor. Descolar a pele do rosto. Fazer o Sol nascer por entre as pernas.

Hoje escrevo em uma calçada, embalado por uma música recém-descoberta que me dita frases e reabre imagens. Escrevo por espasmos. Produzo poucas, mínimas frases. Inúmeras delas, curtas. Escrever queima. Para escrever, preciso estar longe de um centro, fora *daí*. Como se escrever por mais que um certo período corrompesse a palavra ao querer domesticá-la demais. A pele arrisca descolar-se dos dedos se chego muito perto para escrevê-la. Se chego perto, me liquefaço.

Escrevo quando leio. Escrevo quando caminho. Escrevo quando escuto. Sentar para escrever, isto não acontece. Só reúno estas ideias após uma colagem de camadas, de pedaços ínfimos. Longa e exaustiva tarefa.

Revelo-me mais naquilo que dissimulo.

M. não mais como destino, mas como causa. Não amar exclusivamente o objeto em sua promessa de consistência, mas o equívoco que ele fomenta, a força que ele põe em jogo.

Uma carta me atravessou. Sou aquele que continua seu destino, mesmo desconhecendo seu conteúdo. Dela ouvi apenas um eco e acusei recebimento, sem pestanejar: "esta carta se dirige a mim!". Fiz-me destinatário dessa carta inesperada e agora passo-a adiante.

Leitor: qual o teor da carta que te chama? Você também se encontrou com M.?

⁓

M. me mostrou as últimas cartas que recebeu de suas relações anteriores...

Quanto silêncio é necessário para escutar esta ideia?

M. não tinha certeza quanto a como ler os nomes recebidos. Não encontrava guarida nas palavras do outro. Salvo em pequenos milagres.

⁓

O que se escreve, quando não é mais a um ser que nos dirigimos?

Bataille: "Só gosto de viver sob a condição de me queimar. Eu conheço minha ferida incurável".
Eu sei algo do meu incurável. Meu incurável é tentar fazer jus ao incurável.

⁓

Caminho do amor à M. ao amor àquilo que me despaísa, que remeta à estrangeiridade que me causa.

⁓

Uma obra é um destino para o excesso que a palavra não abarca. Ela é seu resto contagioso.
Um sujeito é feito do excesso de seu incurável regenerante.
Ler um sujeito como o susto desta confusão de premissas. Imprimimos uma lei ao acidente e tentamos afixá-la como régua ordenadora. O sujeito é, antes, o efeito do que se subtrai à ordem prevista. Ele é instituído na medida em que algo cai.
É o tempo de ver nosso engano. O tempo de responder ao que ainda não está dito. Apenas isso.
Um sujeito é um imprevisto que fala.

⁓

Derrida: "Não há poema sem acidente, não há poema que não se abra como uma ferida, mas que não abra ferida também. Você chamará poema um encantamento silencioso, a ferida áfona que de você desejo aprender de cor".

Você caminha em uma dada direção. De repente, avista uma paisagem nova. Aproxima-se. Busca coordenadas que o situem. Pensa que aquilo que vê corresponde aos limites da cena. Há mais alguém ali com você, um outro. Em seguida, um deslocamento ocorre e você percebe que o enquadre da cena é mais amplo do que sua visão supunha alcançar. Seus olhos não são mais os olhos do fotógrafo. Você está dentro da cena. O enquadramento está alhures. O fotógrafo tampouco é o outro ali na sua frente. A cena revela sua abertura indeterminada. Você se dá conta de que há uma paisagem mais ampla, enigmática e opaca do que a foto que tentava recortar. Você pisca, abandona o enquadre e entrega-se à vertigem de ter os olhos nus.

Há dezenas de meses que vivo o tempo deste choque. Onde foram parar os limites do enquadramento?

Píndaro: "O que é o homem? O sonho de uma sombra". σκιάς όναρ άνθρωπος

Foi Lacan quem me convidou a este poeta e me instigou a ler suas Píticas, ode às glórias e desventuras dos jogos olímpicos de Atenas. Encontro em um sebo, nos confins do México, uma tradução em espanhol desta ode, em condições deploráveis.

Tenho uma atração incompreendida por livros velhos, frágeis e empoeirados. Adoro reabrir uma chama abandonada.

A chama que ferveu os dedos de Píndaro se inflamou há 2.500 anos.

Fiz parte de um sonho de M.
Quando M. despertou, partiu.
Não sei se ainda despertei.
Este livro brinca de despertar ao permitir-se habitar esse sonho.

M. me escreve. Quer tomar um café comigo, depois de meses. Está de volta ao Brasil, não sabe se ficará por muito tempo. Fará uma cirurgia. Aceito o convite sem saber ao certo por quê.

No esquisito restaurante onde nos vimos pela última vez, oferto-me à sua voz. M. usa um perfume hipnótico, talvez o mesmo que lhe dei de presente certa vez. Estou perplexo ali e não consigo discernir.

Seu rosto crispado exibia vozes de um mal-estar. Aceito ver a dor na minha frente. Que rosto exibo ali? Não sei dizer. Que conversa é ainda possível? Ao mesmo tempo em que me exponho ali, protejo-me de seu contágio. Estou cauteloso. Minha vulnerabilidade não deixa muitas brechas. Nada lembra a leveza e abertura de posição de quando nos falamos pela primeira vez.

Naquele encontro, o corpo que encarnou M. chorou por suas perdas. Tremendo, eu a escutava, enquanto girava uma colher sobre meu café frio.

Estou ao mesmo tempo muito próximo e extremamente distante de M.

Retorno para casa e volto a escrever no caminho. Volto a sangrar palavras.

M., justo aquela que me ensinou a ir além do sentido, aquela que me irradiava poemas, tropeça para acolher tal condição no próprio coração abrasado do desejo.

Empresto meu corpo para que uma mulher, através dele, visite lugares onde não consigo ir. Com o corpo de uma mulher, visito paisagens e vivo satisfações que não posso transmitir a ela em palavras e tampouco consigo enunciá-las a mim mesmo. Através do corpo de uma mulher, faço algo em mim ferver e depois descansar. Há um ceder-se, um demitir--se, um ignorar-se que se enlaça com extrair algum prazer de ser um objeto obscuro para alguém. Não é qualquer submissão, mas um consentimento afetivo, criativo, passional.

Gozar em ceder uma parte ao outro sem reduzir-se por inteiro a um lugar de resto impotente. Transitar entre mares, entre corpos, entre línguas. Não há erotismo que não passe por este entre-mundos de luz e escuridão.

Para responder a uma questão sobre a escrita de *O deslumbramento de Lol V. Stein*, Duras um dia propôs: "Sempre pensei que o amor se fazia a três: um olho que olha, enquanto o desejo circula de um ao outro. Direi da escritura como o terceiro elemento de uma história. (...) Nós não coincidimos jamais inteiramente com aquilo que fazemos, não estamos inteiramente lá onde acreditamos estar. Entre nós e nossas ações, há uma distância, e é no exterior que tudo se passa".

Em uma praça, num dia de garoa, caminhando juntos enquanto uma cachorra corria com uma bola de borracha por poças d'água, M. e eu visitamos estas frases. Uma construção entre esperança e desesperança que procura não se desligar do que reverbera de verdade no corpo: trepar não é uma teoria, nem um suspiro estoico. É também não recuar do que resta de cego e tumefaciente. É um *gesto*.

Visito os confins da vulnerabilidade. Entendo que é nesta queda que sempre advém o sexual, neste dédalo do desejo, entre aparência e desvelamento. Encontro aí um estrondo erótico que insiste em ressoar.

≈

Ouvir M. me entristeceu. Queria poder chegar até ela, mas o impasse de cada um escapa ao outro. É preciso respeitar, suportar, sobreviver ao grão de incomunicável e bárbaro do outro.

São palavras de M. saindo dos meus lábios. No decorrer deste livro, atinjo a confusão inquietante de me diluir com M.

M. é um dos nomes de minha pilhagem.

Há um livro. No meio de tantas coisas que recebi de M., todas invisíveis, um dos únicos objetos concretos que M. me deu: uma troca de palavras encadernadas, da qual ela às vezes diz sentir vergonha por ver ali o registro do que escreveu em dias de um outro corpo.
Seu Sol ainda brilha por alguém?

Através deste pequeno caderno sagrado, levo continuamente este objeto invisível e cintilante: um pudor. Carrego com cuidado justamente aquilo que ela renega. Carrego a marca de nossa divisão. A quimera da qual padecemos por quatro estações.

Há uma parede derrubada com vísceras à mostra. Há uma banda de jazz na calçada. Há um carro dirigindo na lama, no escuro. Há uma calopsita perdida na cidade e uma recompensa por seu resgate. Há perfume de alecrim, almíscar e dama da noite no banco onde nos beijamos. Há um peão e um ioiô jogados em uma tarde de Sábado. Há um casal dançando Henri Salvador na esquina. Há um grupo de idosos sentados a conversar com tranquilidade na rua enquanto o Sol se põe. Há uma mulher erguendo uma xícara em frente ao rosto para não ser fotografada.

Um fragmento de uma carta a M.: "pois amo você, que não é nada como eu desejava".

M. disse ter dificuldade com minha fragilidade. Algumas vezes foi profundamente cruel com aquele que a lembrava do furo em seu projeto. Também encarnei um B para o A inalcançável de M.

O que fazer com a não resposta que supúnhamos e reivindicávamos no outro?

1. O horror.
2. A queixa.
3. O sintoma.
4. O desastre, ou seja, o luto, ou seja, a invenção.

Fazer da espera inútil, potência. Perder a nomeação como fronteira e ganhar a palavra espantada, imprevista e às vezes besta.

Tenho ainda imenso carinho por aquela que me escapa, aquela que desaparece quando esperada, aquela que não tolera minha fragilidade.

M. temia que eu a amasse pelo que me espelhava. Mas onde fica o índice que mostra o amor, que o transmite? O amor que tenho por M. é uma perturbação, busca que flerta sempre com a imprudência. Um respeito pelo magnetismo inapreensível e insensato do outro. Há amor por algo que me descontinua.

Eu te amo. Eu te sofro. Eu te incompreendo. Eu te desconheço. Eu me descompleto em você. Eu falto de você.

Não sei o significado dessas imagens e frases. Desconheço que alcance possuem. Hoje, enlaço-as do modo como fervem. Testemunha de algo tão íntimo, tão secreto e tão estranho, percorro este sinuoso ritual como forma de poder deixá-las, lentamente, pelo caminho.

Não as deixo simplesmente pelo caminho: canto para que alguém se sirva de alguma parte delas.

Jean-Michel Vives: "Lá onde isso era, invoque!"

Há marcas de dente na pele clara que ficarão ali por dias. Há uma escada em caracol, um homem sentado no terceiro degrau, a mulher no oitavo. Há uma discussão política, uma roda de capoeira e miseráveis invisíveis ao redor de uma praça. Há uma mulher caminhando no frio, sabendo que há um perfume que sempre ignorou existir, que cresce *dentro* da terra, invisível ao olho humano.

M.: o perfume de uma trufa.

Pontalis: "A esse Eu inatingível, sempre prestes a esmaecer, a se apagar, mas ativo, a esse Eu descentrado — ele não é um centro, mas uma fonte, dei um nome, *infans*: àquele, àquilo que não tem nome. O infans não é a criança que fomos e que habita, viva, dentro de nós, o infans não tem idade, é atemporal, fora do tempo do calendário".

Ao tentar fazer o *infans* falar, acordar um canto adormecido. Acordar a *tua* língua.

∽

Há uma consequência sensível na palavra. Antes de M.: apesar de tantas vivências, ainda tentar salvar a promessa que cada palavra insinua de ser toda, *pelo menos*, no amor.

Depois de M.: a palavra não mais desacompanhada dos tremores e errâncias que a contornam. Palavras que voltam a carregar em seus sulcos uma vastidão de silêncio, de vacilações e de limites. Palavras impregnadas da reluzente insubmissão a qualquer univocidade. Palavras carregadas de um entorno borrado.

A palavra e a voz que a leva pode ventar: suave mortalha. Da noite, tecer novamente o dia.

∽

Derrida: "de agora em diante, você chamará poema uma certa paixão da marca singular, da assinatura que repete sua dispersão, a cada vez, além do logos, ahumana, dificilmente doméstica, nem mesmo reapropriável na família do sujeito".

A comunicação humana: comovente e espantosa celebração inconsciente de uma comunidade de desaparecidos.

Gostaria de ouvir alguém cujo corpo se dissolve no sexo e possa falar *desde aí*. O que diz esse corpo? Que pensamento pode chegar mais perto daí? O que diz aquele que escala as labaredas da intumescência? Como atravessa sua detumescência de volta ao grupo, de volta à palavra? Como redescobre o outro? Como passa da sua flacidez esgotante à língua coletiva? Como se organiza com este trânsito infernal? O que diz este que acabou de atravessar o Hades? Onde cede seus pedaços para sobreviver?

Como falar de amor, como falar de ciência, como falar de política, como falar de laço e de comunidade sem se esquivar deste testemunho?

Só os poetas. Só o segundo acesso. Só os despaisados. Só os incandescidos.

Diante da irremediável estranheza que é o outro para mim, afirmo algo apoiado em nada além de uma certeza íntima: o vivido não é dizível. Do encontro com M., só posso concluir um pedaço a meu próprio respeito: ainda havia um desejo pelo fogo. Dependendo do que chama, às vezes ainda desejo queimar. Dependendo do canto que vem do rochedo, desejo pular da nau. Pode ser uma mulher, um livro, um ofício, um sabor.

Há também algo de sagrado em poder ser um outro para alguém. Que um parceiro amoroso nos tome por algo que, em larga medida, nos escapa, talvez apenas o delírio permita manter um laço de fé que sobreviva ao esfacelamento.

O amor que tento inventar: fazer da dimensão de solidão, de mentira e de engano ineludíveis em todo encontro mediado pela palavra um lugar habitável e potente. Fazer das fissuras um lugar de dignidade. Produzir cuidado e respeito aí, nesta tensão e diferença infernais.

A esta altura, uma homenagem ao engano com M. se transforma em uma homenagem aos outros que me sideram: poetas, trechos, aforismos, depoimentos. Agora, amo o fragmento.

Faço um estranho elogio a este modo de satisfação, tendo atravessado minhas repetições, fantasmas, miragens, engodos. Tendo visitado algo do outro, ainda que sob a forma de fracasso (e existe outro modo que não seja *somente* via fracasso?). Vislumbrado a heterosfera, com sabor de impossível. Mirando as loucas injunções de minha história. Há repetições que levo comigo em silêncio.

Se por um lado tateio o insubstancial de minhas crenças, por outro rendo algum reconhecimento, em sinal de respeito pelo poder que uma quimera, este laço feito em torno do nada, este nó vazio, este véu arbitrário e contingente, irradia: há algo de digno aí.

Consentirei em arder novamente? Risco para o qual não há resposta antecipável, a não ser a aposta no gesto: quais desvios consentir?

Dizer para voltar ou dizer para construir o porvir? Há quem escreva para não sair de onde está. Escrevo andando.

Escrevento.

M. agora me chama para outro livro, outro verso. Diz que ainda não lhe faço justiça. Na verdade, não precisa dizer. Murmura com seus olhos negros e com uma pose típica sua, sentada à vontade em seu terraço com uma xícara de café, dizendo que algo de sua verdade ficou de fora. O que escapa é o crucial. M. tem razão. Eu ainda a amo por durar em mim ao escapar. Eu a amo por não se deixar escrever. M. está a salvo de minha volúpia falante e sua herança é irremediável.

O peito ainda vibra de vontade de falar. Isto que se porta é algo tão vivo e aberto que machuca a carne. É um não-medo que toma o corpo e que não dorme, apenas chama, chama, chama...

Quem se fará *chamado*?

Este livro está querendo tornar-se outro livro. Quer jogar mais folhas sobre as pegadas com nomes e afastar os traços de onde vieram: um fio de memória inscrito apenas no incorpóreo do meu dizer.

Para ser fiel a este desejo, instituo um pequeno corte. A linha seguinte desta voz se abrirá em outra página, outro objeto: primavera da palavra.

Um livro: uma voz no tempo.

Esta página: um corte no tempo.

Ontem vi M. em presença e extravio impartilháveis. Apesar de tudo que caiu, restou um abraço ao final. Um abraço triste e honesto. O que não podia mais ser dito merece ser endereçado. É hora de interromper este livro infinito. Algo caiu. Um fruto. Uma letra. Uma roupa.

É outono, e concedo em ceder este objeto adiante, agora que me faço aquele que invoca com aquilo que escapa.

Uma voz, um fragmento, uma lufada que passa.

Essa é a vida, L..

Uma fotografia com M.:

É noite, ela pede uma foto no corredor de um prédio e me abraça enquanto abro o celular. Em seguida, puxa-me para me desequilibrar no instante do clique. Na imagem, apareço caindo, enquanto sorrio da graça e surpresa do gesto. M. aparece gargalhando atrás de mim, também caindo. A foto sai desfocada.

Sorrisos borrados, eternizados enquanto escapam ao esforço automático de enquadre. Não é uma linda imagem?

Este livro foi impresso em novembro de 2019
pela Assahi para Editora 106.
A fonte usada no miolo é Goudy Old corpo 11,5.
O papel do miolo é Pólen soft 80g/m².